路上的轻歌
WHISTLE ON THE ROAD

关宏志 著

人民交通出版社股份有限公司

北京

图书在版编目（CIP）数据

路上的轻歌 / 关宏志著. — 北京：人民交通出版社股份有限公司，2020.8
ISBN 978-7-114-16660-0

Ⅰ.①路… Ⅱ.①关… Ⅲ.①随笔—作品集—中国—当代 Ⅳ.①I267.1

中国版本图书馆 CIP 数据核字 (2020) 第 111188 号

Lushang de Qingge
路上的轻歌

著 作 者：	关宏志
责任编辑：	蒲晶境　李　晴
责任校对：	孙国靖　龙　雪
责任印制：	刘高彤
出版发行：	人民交通出版社股份有限公司
地　　址：	（100011）北京市朝阳区安定门外外馆斜街3号
网　　址：	http://www.ccpcl.com.cn
销售电话：	（010）59757973
总 经 销：	人民交通出版社股份有限公司发行部
经　　销：	各地新华书店
排　　版：	北京楚泰文化传播有限公司
印　　刷：	北京市密东印刷有限公司
字　　数：	145千　开　本：880×1230 1/32　印　张：7.875
版　　次：	2020年8月　第1版
印　　次：	2020年8月　第1次印刷
书　　号：	ISBN 978-7-114-16660-0
定　　价：	45.00元

版权所有·侵权必究

（有印刷、装订质量问题的图书由本公司负责调换）

序
Preface

很荣幸宏志兄邀请我为他的新作作序。自日本京都相识,至今已有三十余年,很幸运有这么一位志趣高远的朋友。作为同行,我经常和宏志兄在各大学术论坛和会议上相逢,抑或相约在北工大会面。每每同他交流,总能收获良多。除了工作认真、治学严谨,宏志兄还是一位非常有人文情怀的学者。在我们同辈人眼中,他是交通运输工程学术界少见的"文艺青年";而在年轻老师和学子们看来,他又是一位有着赤子之心、德高望重的偶像。

这本《路上的轻歌》是宏志兄的第八部随笔集。在书中,宏志兄通过一件件小事,将他多年来对学术发展的思考、对交通学科的理解和教书育人的心得娓娓道来。作为一名科研工作者,宏志兄把他的专业领域知识深入浅出地讲给读者。交通工程是一门以科学管理理念为核心,与社会反馈紧密结合的学科,必须做到以人文本,才能促进城市发展的良性循环。我们在讨论重建设还是重管理、该扩张还是该控制时,始终需要怀着初心。而这份初心,就是我们的社会责任和人文情怀。这本书没有生涩的专业术语,没有复杂的数学公式,只是单纯而真挚地跟读者聊聊这门学科的人文社会情怀,颇有现实意义。

在阅读宏志兄从师从业的心得时,我常常折服于他的人格魅力。做人做事做学问,宏志兄脚踏实地,成果颇丰却始终朴实无华。书中,宏志兄还记录了他的多次周游经历,读来令人深刻感受到他有着诗情画意的生活姿态和渊博的历史文化知识。倘若说故事都是写给他人读的,那么游记一定是写给自己的。读者或许无法感同身受他眼中的别致景色和风土人情,却可以透过文字感受他的心境。作为一名"理工男",宏志兄这种热爱生活、愿意用文字记录过往点滴的态度非常可贵,这不仅需要一颗细腻的心,还离不开对待每一件事都认真且执着的精神。

无论你身在何处、身居何职,翻开这本书,读过都会有所收获。宏志兄多年来对写作的热情让我钦佩,希望后来的学者们能以他为榜样,也能在努力工作、认真生活的同时哼唱出属于自己的"路上的轻歌"。

杨海

香港科技大学教授

2020 年 5 月 11 日

自序
Preface

精神成长的必由之路

当年留学时,许多身边的留学生都有过和我类似的经历:自己刚把孩子从国内带到国外时,小孩一句外语都不会说,在国外学校的前几次考试中自然是"名落孙山"。尽管国外的学校里通常没有考试成绩排名的做法,但是中国家长还是会关切地追问孩子的学习情况,暗地里给孩子在班级里进行排位。没过多久,中国孩子的成绩就会直线上升,在班里名列前茅。

若干年前,单位搞了一个教工篮球赛,人们惊讶地发现,球场上某部门教职工代表队中竟然出现了几个极具专业水准的学生的身影。于是,立即有人提出异议,那几个看似学生的人在该部门某位老师的指示下悻悻地拿着衣服退场离去。按说,一个单位内部的职工球赛,有着极强的娱乐色彩,主办方的意图无非是创造机会让大家都积极参与体育活动,锻炼身心、相互交流、活跃气氛。人们不禁会问:这样的活动有必要拼命地夺锦标,有必要找几个学生来凑数吗?

这样的事情告诉我们:我们从小就建立起了强烈的竞争意识,极力想战胜对手,想站到胜利者的领奖台上。这种竞争意识可以说已经融入了当代人的骨血里,被带到了世界各地及各种场合。

竞争,是大自然的法则,达尔文把它总结为"物竞天择,适者生存"。很多时候,"物竞"的对象都被认为是外在的"对方""对手""敌人"等。然而,随着人类社会实践的深入,人们对于这个问题的认识正在发生改变。

2018年11月12日,中国短道速滑运动员武大靖在世界杯盐湖城站男子500米决赛中,以39.505秒的成绩夺得冠军并打破了世界纪录。事后,他的教练李琰在评论时说道:"武大靖取得这样好的成绩,更多是因为他能战胜自己。"无独有偶,许多叱咤风云的运动员在获胜后发表感言时都会说出"超越自我""战胜自我"

之类的话。围棋运动员陈祖德、作家刘墉,更是用《超越自我》《超越自己》为题著书立说,袒露自己的心路历程。看来,每一位拼搏者心路的终点都矗立着一块刻着"超越自我"的里程碑。

形成于公元二世纪末至公元六世纪初的犹太教典籍《塔木德》中有一句告诫人们的话:超越别人,不如超越自我。这说明人类从很早起就认识到了"自我"及战胜"自我"、超越"自我"的意义。而且,并非一个人到了独占鳌头的时候才需要超越自我,而是从一开始就需要不断地超越自我。

几年前,一个来自东瀛的故事感动了许多国人。这个故事说的是一匹叫作"春丽(日语:ハルウララ,英语:Haru Urara)"的赛马,从参加比赛到它退役,连输113场,从来都没有跑过第一名。即便如此,它却"成为全日本的偶像,成为'失败者之光',整个国家为之疯狂。"我想,人们之所以为春丽"疯狂",很大程度上是因为人们从它身上看到了那种在屡战屡败中依旧不屈不挠的精神、试图超越自己的努力,这寄托了现实中芸芸众生实现自我的期许。

在这个扁平的世界里,人人都是竞争者,人人也都是被竞争者。每个人都可能有无数个竞争对象,比方说班里学习最好的同学、单位里业绩最好的同事……每个人至少都有一个竞争对象，那就是昨天的自己。你可能在某些方面永远无法超越一些人，但你永远有可能超越昨天的那个自己。而一个人创造出来的奇迹，正是他不断超越自己的结果。

由此看来，竞争对手看似是外化的人或事，实际上却是内化的你自己。超越自我，才是"物竞"的真谛。认识到它，才能更好地明确目标，调整心态，鞭策自己，砥砺前行。

在弗洛伊德看来，人格结构是由"本我""自我"及"超我"三部分组成的。本我为与生俱来的，亦为人格结构的基础。自我及超我则是以本我为基础发展而来。自我是人格的心理组成部分，是从本我中逐渐分化出来的，位于人格结构的中间层；超我是人格结构中的管制者，由完美原则支配，位于人格结构的最高层，是道德化的自我，由社会规范、伦理道德、价值观念内化而来，其形成是社会化的结果。而超越自我，则是一个人从"本我"到"自我"，最终走向"超我"的必由之路。

关宏志

2020 年 5 月 24 日

目录
Contents

第一篇 / 001
怀疑是知识分子的本能

痛苦的历程 / 003
"老天爷是很公平的！" / 005
关于青年学者成长之路的思考 / 008
辞退评审 / 012
在××大学关于学院建设讨论会上的发言 / 014
一块西瓜 / 020
拿什么评价你，我的教授？ / 022
奇怪的要求 / 027
怀疑是知识分子的本能 / 029
撕下你的价签 / 032
更要精神的传承 / 036
感动在不经意间降临 / 038
学者的品 / 042

第二篇 / 043
和我们的病和谐相处

在第三届 OpenITS 年会上的讲话 / 045
《看交通·论交通》书序 / 049
探索交通问题解决之"道" / 052
学会接受是一种勇气 / 057
是该丢弃唯 SCI 和 EI 是论的时候了 / 060
一次性时代单车？ / 065
和我们的病和谐相处 / 067
如何更清楚地认识自己 / 073
我只是在用我自己的大脑思维 / 077
在"副都心停车规划"评审会上的讲话 / 079

第三篇 / 085
包子和热狗

不可妥协 / 087
"然后呢？"——《修女艾达》观后感 / 089

接受规则，运用规则 / 094

温馨的晚餐 / 098

一碗早餐面 / 101

"小人无错，君子常过" / 104

"不务正业"和"刷存在感" / 105

交通事故遭遇记 / 108

包子和热狗 / 111

站在"智能革命"对面的山上遥望 / 114

汽车尾气"超标"记 / 117

西苑饭店即景 / 120

AlphaGo Zero 给我们的启示 / 123

留不下的落叶，留不下的乡愁 / 126

写在去济南的高铁上 / 129

那些瞬间成了永恒——哭黄帅 / 134

发现美好的心灵——阅读黄帅 / 141

第四篇 / 145
身在他乡为异客

身在他乡为异客——2017 年美国之旅之一 / 147

雪后的华盛顿特区——2017年美国之旅之二 / 151

未尽的话题——2017年美国之旅之三 / 154

恢复的记忆——2017年昆明印象 / 158

2017年盘锦印象 / 164

2017年赣州印象 / 169

从马迭尔开始——2017年历史探访之旅之一 / 180

历史街区散步——2017年历史探访之旅之二 / 188

初识金国——2017年历史探访之旅之三 / 192

大山深处——2017年历史探访之旅之四 / 195

探访那个渤海国——2017年历史探访之旅之五 / 199

风雨中,舞起那番秋意——2017年西宁印象之一 / 205

遥远的塔尔寺——2017年西宁印象之二 / 208

"对他们刺激很大"——2017年西宁印象之三 / 213

踏破"民大"——2017年西宁印象之四 / 216

千军台——2017年深秋印象 / 220

2017年常熟印象 / 226

改变在努力中发生——2017年贵阳印象 / 236

路上的轻歌
Whistle on the Road

第一篇

怀疑是知识分子的本能

一些人喜欢用（自我感知的）道德层面的优越感平衡科技落后所带来的心理落差。

以科学引文索引（SCI）和工程索引（EI）之类的东西作为科学研究的目标，脱离了人类探索自然规律的初衷。

撕下你的价签，露出你真正的价值！

痛苦的历程

2017年1月7日

应邀参加某场博士论文开题答辩和中期检查。那让我经历了一次十分痛苦的听讲过程。

从一开始,就能强烈地感觉到学生们缺乏必要的准备。听着那些荒诞的立论、混乱的逻辑和漫不经心的表述,感觉他们对自己的研究工作完全没有理出个头绪。

通常,博士论文的开题和中期汇报,无非就是老师帮助学生们出出主意,帮他们改进一下初步构思,以便下一步更好地完成论文。然而,眼前的情况是,每当学生听到老师提出问题时,不是虚心倾听,仔细领会,而是立即生出"三寸不烂之舌",极力为自己目前的状况辩护。其实,那哪里是在辩护,分明就是在敷衍。从那些辩解词中根本听不出学生尝试着从老师们的质疑中找出存在的问题，去改进、完善其研究的意思。

让我感到痛心的是，一些原本看起来颇具潜力的学生，提交出来的东西也实在难以令人满意。而他们中的不少人，提出的问题要么已经落伍，要么荒诞不经，已经"完成"的部分逻辑混乱，"成果"总结幼稚可笑。显然，指导教师和这些现象脱不了干系。要么是疏于指导，要么则是指导教师的水平就在那里。

答辩期间，老师们进进出出，一副心不在焉的样子。最后，答辩现场竟然只剩下了我和另外一位非博士生指导教师。不要说学生原本就无心和老师交流，在这种情况下，即使学生想从和老师们的交流中学到点什么，又能怎么样呢？

此情此景，让我感到实在是一种煎熬、一种痛苦。我不得不压抑着怒火，对学生说了一句"你完成的东西距离博士论文相差太远"之后，以下午有事为由，告辞退出。

那些浑然不觉的学生们，他们在攻读博士学位期间学到了什么？

"老天爷是很公平的!"

2017年1月14日

2016年底,应邀参加了一个特别研讨会,说它"特别",是因为会议在北京召开,而主办方却是远在广州的中山大学的交通工程学科。参会人员除了我们三个特邀专家之外,其余都是中山大学交通工程学科的老师。会上,中山大学交通工程学科的老师被要求汇报他们过去多年在研究方面做了哪些工作、2016年又做了些什么、取得了哪些成果及今后的计划,等等。而我们受邀参会的三人,则作为专家,对他们的汇报内容进行点评。汇报一个接一个地进行,显然,不是每个人的汇报都是那么自信、那么有底气。而且,差不多每一个人都被学科带头人余教授提出了更高的要求。

余教授告诉我,去年(2015年)的这个研讨会是在同济大学召开的,而明年(2017年)的研讨会计划在东南大学举办。为什么他们要不远千里,花费时间和金钱到北京来开一个纯属内部的研讨会呢?

我猜他们的主要目的有两个:

一是"班门弄斧"。班门弄斧原来的意思是自不量力,而在当下的语境里则有了勇于学习和挑战的新意。中山大学的老师们把自家的会议开到了北京的著名学府,包含了要通过这个机会,向这里的专家学习的意思。

第二个意思,就是把自己赶出怡区(Comfort Zone)。多数人都希望生活得惬意一些,希望能一劳永逸,因而渐渐地走入自己的怡区。一个人一旦走入自己的怡区,固然可以更从容不迫一些,但这样也会使生活失去方向,使人生走向迷茫。而勇敢地走出怡区,人会利用寻找怡区的本能不断努力,积极进取。不断走向怡区、不断走出怡区,这就是另一种生活的态度,它会引领人不断地取得进步。

行业内的人都知道,在国内交通工程领域里,中山大学完全是一支新军,从草创到今天只有短短的几年时间。也就在这短短的时间内,在没有得天独厚的条件和学校鼎力支持的情况下,学科得到飞速的发展,不仅雄踞华南地区交通、环保及大数据等多个领域的龙头位置,深得当地政府的信赖，而且也蜚声国内外交通工程领域。

当人们看到它的飞速发展时，总会投来羡慕的目光，都希望探寻其中的奥秘。当我身临这个研讨会，旁听其学科负责人的讲话时，我似乎找到了答案。

在回家的路上，我的耳畔回响着余教授反复说的一句话："老天爷是很公平的！"

关于青年学者成长之路的思考

2017年1月20日

漫天飞舞的大学招贤纳士广告和一场接一场的人才招聘会,昭示着大学的人才竞争进入了白热化的阶段。那些当今活跃在学术一线的青年学者和他们所在学科的进步,让人们越发清醒地认识到,学科的竞争实际上就是人才的竞争,谁拥有了人才,谁就拥有了赢得未来的主动权。各个高校的人才引进政策,正是对这一认识的具体体现。

那么,是不是一个学科只要拥有了具有潜力的青年学者,就万事大吉了呢?

这个问题的答案和青年学者的成长及其作用能否充分发挥密切相关。

一般来讲,拥有了人才,只要让其充分发挥作用,人才自身的发展就会带动其所在学科的发展。不过，事情并非那么简单。一个有潜力的青年学者最终是否能够成长起来，充满了变数。

纵观当今青年学者的成长道路，大致可以分为如下几类：

第一类，学术成长型。这类青年学者在入职后，更多地专注于专业领域的基础性研究，注重科学问题的发现和提炼。他们一般会很快获得属于自己的纵向课题，发表大量的学术论文，并通过这些不断提升自己的科学素养。

第二类，实践成长型。这类青年学者更多地承担着专业领域的实际应用课题，注重将专业知识和技能应用于解决实际问题，他们多以到校经费和完成的横向课题的数量论英雄，并通过这些提升自己解决实际问题的能力。

第三类，复合型。即兼顾二者，均衡发展的学者。

纵观前两种不同类型的学者，我们大致可以留下这样一个印象：第一类学者往往能够通过个人或者团队的几个纵向课题，积蓄更多的学术能量；而第二类学者长期停留在应用层面，做了许多横向课题，但在学术深度上还是缺乏建树。

有人将基础研究能力和实践能力对立起来看，认为必须在二者之中选择其一。正是这种观点，使得一些青年学者安心于第二种成长道路。然而，事实却是科学素养越好的人，学习能力和解决实际问题的能力就越强，越是可以解决那些复杂问题。

在我看来，一个人一生都需要不断提升自己的理性程度和科学素养。任何一个学科需要的不仅仅是能够撰写几篇"高水平论文"的人，而是更需要通过积累专业领域的知识和能力，不断提炼科学精神，不断提升科学素养，从而更好地解决现实问题的人。

一般来说，现在的大学招揽的人才无一不是拥有博士学位的人。那么，是不是拥有了博士学位的人就具备了科学精神和素养呢？应该是，但也不尽然。从目前的情况来看，博士毕业仅仅意味着一个人科学精神和素养的养成才刚刚开始。

许多青年学者在走上工作岗位后才开始真正独立从事科学研究工作，才自己去发现、提炼、解决问题，并且最终需要得到社会对其研究成果的认可。然而，由于培养水平等原因，并非所有拥有博士学位的人都真正具备了"独立从事科研工作"的能力。有些人即便是初步具备，也仍有很大的提升空间。事实证明，有许多青年学者正是由此期间开始，游离于学术之外，从而渐渐地脱离了学术的主流，逐渐处于被学术队伍所淘汰的边缘。

因此，关注青年学者入职后的成长过渡期，帮助他们顺利地度过这个过程非常重要。这就需要鼓励他们积极投身科学研究，使得他们不断提升理性水平和科学素养。即使是在从事横向项目研究时，也需要用科学家的眼睛看待问题，不断砥砺自己。

我无意批评或轻视那些已经在某一种成长道路上走得很远的青年学者，而且我相信，只要他们有意识地不断提升自己的科学素养和科研水平，一定能成为优秀的学者。希望如此成长起来的青年学者更多一些。

辞退评审

2017 年 1 月 24 日

日前，通过邮件接到了一份评审《×难题》的稿件的邀请。看到邀请信，荣誉感油然而生。兴冲冲地打开附件开始阅读，读着读着，一种困惑的感觉逐渐浓重起来。

据我所知，《×难题》的立意是面向高中生和大学生，激发他们对自然科学及社会科学的兴趣，培养他们的科学精神和科学素养。因此，在我看来，《×难题》题目的设计和讲解都应符合他们的年龄特点、知识和能力水平，这些"难题"应该是他们独自或者三五个人组成的兴趣小组就可以尝试解决的。

可是，从我接到的稿件来看，内容完全不是这样。里面的措辞、对概念及术语的描述，不要说是高中生、大学生，即使是对于有相当知识水平和工作经验的工程技术人员来说，也算是晦涩难懂，有的"难题"甚至可以作为国家级重大科研项目了。

此外，送给我的稿件虽然仅有短短的几千字，但其中辞藻的堆砌、概念的罗列、逻辑的断裂都到了无以复加的地步。

这让我想起了新近当选美国总统的特朗普，据说他就职典礼上的演说稿设想小学毕业的人就能够听懂。无独有偶，在日本，各大报纸所设想的文稿难度，是中学毕业的人就可以阅读。

我手中这样的文章，是在设想好读者群后才下笔写就的吗？我们提出这样的"难题"，是想让他们实践的，还是拿来唬人的呢？

我完全困惑了。

遇到这种情况，我只能承认自己知识能力有限，无法对这类稿件给出一个客观的评价。

于是，我客气地给对方回复了邮件，婉拒了此次评审任务。

在××大学关于学院建设讨论会上的发言

2017年2月27日

今天,很高兴来到美丽的××大学。说起来,我和贵校有着很深的渊源。早在2003年前后,贵校的王老师就在我们那里进修,那时候我还负责学科的本科教学工作。后来,我和贵校的×校长在国家自然科学基金委的项目评审会上多次见面,也得到了×校长的多方面的帮助和支持。你们的秦老师和赵老师经常参加教指委的会议,我们很早就认识。

刚才我听了×院长和×主任的汇报,对贵院的情况有了一些了解,也学习到了许多东西。今天,我就是抱着学习的态度来到贵院,并希望抛砖引玉,和各位进行一下交流。

说到学院的发展,我想从学科建设和专业建设两个方面来谈。

这些年我国的高等教育走出了一条我们自己的发展道路——学科建设,这在国外是没有的。我们都知道,我国的学科是根据学术和科学规律的相关性设置,而专业则是根据社会经济建设的需求而设置的。二者有着密切的相关性,但是又有区别。

首先,我想谈谈学科建设的问题。

学科建设不同于专业建设,但学科的发展对专业的发展具有极大的拉动作用。我们看看改革开放后国家高等教育的发展情况,学科建设对学校、学院、专业水平的提升作用非常显著。基础教育非常重要,但是一所大学的影响力最终是由其学术地位决定,而其学术地位和学科建设情况有着十分密切的关系。近期国家提出高等教育"双一流"(世界一流大学和一流学科)建设的宏伟目标,更是说明了这一点。因此,作为一个学科、学院的负责人,应该对学科建设有足够的敏感性。总结一下我国学科建设的实践过程,我们不难发现,学科建设主要包括如下几个方面:

(一)人才培养和学术队伍建设

即各类学术人才的引进、培养和学术团队的形成。谁都想通过一个好的人才政策,利用高薪厚遇,一夜之间、一劳永逸地解决人才队伍的问题。最近，关于人才的引进，国内也出现了一些乱象。说实在的，这一点不是某个单位可以控制和解决的。不过，一个学术人才一旦进入了人才项目，如"优青""杰青""长江""院士"，你就很难再挖走他们。当然，试图"挖走"他们的做法本身在道德层面也存在争议。此外，经验证明，硬性引进的人才及团队和引进单位的文化、人员及团队的融合方面经常会出现问题。

由此，我们看到高薪挖人这一想法已经越来越不现实。因此，引进、培养人才成了我们仅剩的选项。一个学术团队需要多学科、多方面的人才，但是，目前普遍缺乏的是学术带头人，这就需要在引进人才时进行充分的考虑。比方说，现在引入学术型学者时，就需要看看他/她是否具备获得"优青""杰青"的潜质，并努力为他们成长为"优青""杰青"及更高层次人才提供成长空间。

目前，获评"优青"的"门槛"大约是二十篇科学引文索引（SCI）论文，当然还得参考他/她的其他成果。这个条件很高，竞争很激烈。向着这个目标努力非常重要，也非常必要。重要的不是获得"优青""杰青"，因为那些头衔的数量毕竟有限，竞争格外激烈，差不多算得上"可遇而不可求"了。重要的是在向这些目标努力的过程中，学术带头人就会涌现出来，学术团队、学科的学术地位及学术影响力也会逐渐形成。

另外，学术团队需要由不同层次、不同特长的人才组成。我们可以通过笛卡尔坐标系来想象这一点。如果横轴表示从规划到管理的交通工程学科的各个领域，纵轴表示从基础到应用的能力特长的各个层面，我们希望，学术团队的人才能够覆盖整个坐标系的各个象限，而不是因为人才的过度同质化而团缩在一个点。彼此相互影响、交叉融合，才能更好地发展。

（二）学科点及科研平台建设

即学科点和科研基地（统称为科研平台）的争取和建设。

学科及科研平台已经成了今天中国的大学发展的"天花板"。没有这些学科及科研平台，一个专业的发展会受到极大的制约。例如，有些科研项目的申请，甚至明确要求申请人隶属于某些级别的科研平台。这种做法本身固然有待商榷，但是它说明了科研平台的"天花板"效应。

好在贵校已经具有了交通运输工程一级学科博士点，这对学院和交通工程专业的发展至关重要。我国有许多交通工程专业（甚至是知名大学的交通工程专业）

没有自己的学科点，因此，研究生不得不挂靠在其他学科招生，培养交通工程专业的硕士、博士，拿的却是其他专业的学位。我们可以此为基础，继续加强科研基地（如省部级重点实验室、工程中心等）的争取和建设。

有了这些学科、科研基地和平台，不仅可以极大地改善科研条件，而且可以扩充科研队伍，为取得更多、更大的科研项目提供支持。

（三）专业建设

现在再说专业建设的问题。

专业建设的一个基本出发点是育人，另外一个要求是适应社会需求，为社会工作岗位输送合格的人才。就像人性是文学作品中永恒的主题那样，专业建设是从高等教育诞生那一天起就存在的一个旷日持久的、永恒的主题。

关于大学专业，大致存在着三种观点和做法：第一种认为高等学府就应该是社会的象牙塔，为社会培养贵族和精英，该思想的代表性人物有英国的约翰·亨利·纽曼。第二种是苏联和改革开放前中国的高等教育，办学思路是适应社会经济建设的需求，明确以社会需求为导向建设大学的专业。第三种以德国的洪堡大学为代表，融科学研究和高等教育为一体。

第三种观点和做法受到了包括美国、日本及我国台湾等在内的许多国家和地区的推崇和效仿。改革开放之后，我国的高等教育改革在很大程度上参照了德国和美国的做法。当然，我们今天又走出了一条以学科建设为特点的高等教育发展之路，正是因为我们采用科研和教育融为一体的办学思路，科研和教学的相互关系问题一直存在。受从前高等教育体系和实用主义思想的影响，重实用、轻基础的思潮和现象深深地影响着我国的高等教育，这也是值得我们警惕的。

从目前国家高等教育的改革发展来看，根据"工程教育专业认证"的要求，建设本科专业，加强专业教育是当前的一个明显趋势。

这就需要我们所在专业根据所处的社会环境和所在学校的定位，从知识、能力、素质和毕业后的就业岗位等方面制定一个专业的培养目标。这个培养目标也是写给考生及其家长看的，要让人们通过简短的几行字，就能够知道从这个专业毕业后将会从事怎样的工作。

需要仔细研究工程教育专业认证标准体系，完善专业建设。这里面有许多工作可做。

预祝贵校在学科和专业建设上更上一层楼。

以上意见仅供参考，请批评指正。

一块西瓜

2017年5月20日

咚、咚、咚。一个闷热的午后,办公室里传来了敲门的声音。

"请进!"听到敲门的声音,我对着大门高喊了一声。

一个学生手捧着一块西瓜走了进来。

"关老师,这是××买的西瓜,给您拿了一块。"他说着一个同学的名字,把手里的西瓜放在了我的桌子上。

桌上鲜红的西瓜好像是刚刚切开,表面上还泛着汁液的光泽,散发着新鲜水果诱人的香气。

"谢谢!"我说道。学生旋即离去。

望着学生离去的背影,我的心头泛起了一阵感动。

由于办公室房间安排的原因,我和我的学生不仅在不同的房间,而且还在不同的楼层,平时都是我需要的时候召唤他们到我的办公室。今天,学生在他们那里分享西瓜,还能想到我,而且专程送了上来。

承蒙学生的好意,我拿起桌上的西瓜,大大地咬了一口。立刻,西瓜的甘甜在我的口中散开来。

拿什么评价你,我的教授?

2017年9月18日

一时间,如何评价一位教授成了街头巷尾热议的话题,博学多才的人们对教授评价涉及的几个关键问题进行了多方位的讨论。经过讨论,人们对如何确定一个人是否达到了教授的学术水平(学术成就)及如何看待科学引文索引(SCI)、工程索引(EI)之类的问题逐渐达成了共识,整个过程也体现了人们的客观、冷静和理性。对于拿什么评价一个教授,之所以出现了较多的分歧,原因来自多个方面。

首先是评价者的问题。

无论是评价教授、学者,或者是任何人,都需要评价者具有两个方面的能力:一是相应的(专业)学术判断能力,二是道德判断能力。道德判断能力自不必说,"相应的（专业）学术判断能力"来自哪里？自然是来自一个人的教育背景、专业经历和深入思考。这里包括了从事专业的时间和进入专业的深度两个方面。在专业领域里没有丰富的阅历，就难有足够的经验，没有深耕细作，也难有深厚的造诣。

早在战国时期，人们在创办稷下学宫时，就建立了分群讨论的模式，原因是前人发现，不同"层次"的人是无法在一起进行讨论的。分群的方法使对话在同层次的人群中展开，使得对话成为可能，也极大地提高了对话的效率。虽然从苏格拉底和社会各界人士广泛对话的经验来看，这种分群的做法值得商榷，但毕竟在认知水平的差异及客观评价等方面给我们带来了许多启发。

其次，是我们经常难以察觉到的思维方式问题。

西学传入我国，曾引起中国社会的极大恐慌，使几千年的中华传统文化受到了巨大的冲击。坚持还是放弃成了社会热议的问题。许多激进的青年学子主张将中华文化"像丢掉穿脏的鞋子那样丢弃"，完全学习西方；而那些主张坚持中华文化的人面对的问题，则是应该坚持中华文化中的什么。

经过讨论，一种主流的观点认为，西方在科技方面是先进的，而中华文化在道德方面是优越的。尽管这种判断本身也存在着争议，但是，它确实反映出一种倾向性的思考方式,就是一些人喜欢用(自我感知的)道德层面的优越感平衡科技落后所带来的心理落差,这种思维方式直到今天还经常可见。

另外,就是参照系多样化的问题了。

我国自民国高等教育开始,到目前为止,教授大致可以按所处时代的不同划分为民国时期的教授、改革开放以前的教授和改革开放以后的教授。每个时代的教授,都有着那个时代的烙印。改革开放,又让我们对国外的高等教育有了一个普遍的、全面的认识。人们在判断一位教授的水准时,很容易采用不同的参照系,莫衷一是也就在所难免了。

说到这里,评价教授的标准和方法似乎也就呼之欲出了。

最纯粹的标准,无疑是一个人在学术研究领域取得的成就及其对科学技术的贡献,即学术性标准。从另外一个角度说,是一个人的科学精神和科学水平。值得注意的是,没有达到一定标准的"贡献",不能算是学术贡献,也不能体现学术水平。而要达成这些贡献,他还必须忠于真理,忠于科学。

在评判者方面,具有足够的学术判断能力是对一个学者的学术水平作出客观判断的必要条件。目前最合理的方式,除了同行专家评议还有什么呢?前面提到，评判者的判断能力中包含了专业和道德两方面，后者是确保前者得以充分发挥的保障。而如何让评判者独立、公正、客观地发挥其专业判断能力，是需要认真思考的问题。

至于评价学者时中外社会在 SCI 和 EI 导向方面的差异，根本上是"目标导向"和"问题导向"的差异。"目标导向"的科研体制，倾向于采用容易量化的指标（比如 SCI 和 EI、科研经费之类的东西）来评价学者与（人为设定的）"目标"的吻合程度；坚持科学研究从"问题导向"到"兴趣导向"的科研体系，则更看重提出的"问题"本身是什么，以及学者在解决这个问题中的贡献，而不那么关心 SCI 和 EI。

值得一提的是，在非英语国家的日本，虽然也是"问题导向"或者"兴趣导向"，学者们还是会对用英语在国际顶级期刊上发表学术论文和学术论著更多的同行投去羡慕的目光。换句话说，即使是在不讲究 SCI 和 EI 的国家，多发论文，多发影响因子高的论文依旧是一件令人羡慕的事情。

无论如何，SCI 和 EI 之类的东西都是人类在探索自然过程中形成的一种产物，而并非探索自然的原本目的。因此，以 SCI 和 EI 之类的东西作为科学研究的目标，就脱离了人类探索自然规律的初衷，尽管单纯追求 SCI 和 EI 也有可能会带来看似不俗的结果，但正如图灵所言："一只坏掉的钟一天也能准时两次。"可要让一个原本就没有想走准的钟表每一次都走得准确，那需要多好的运气啊！

"目标导向"还是"问题导向"，这是个问题。不同导向的结果是否能殊途同归，或孰优孰劣，让我们拭目以待。

奇怪的要求

2017年10月20日

学生拿来一张表格要求我签字。

"他们说让您在这里签字。"学生指着表格的下方签字的地方对我说。

我看了一眼学生拿来的文书,那是学生拟去的实习单位起草的一张表格,内容大致是某某学生在该单位实习,待遇如何,实习期间的保险等由学校负担云云。

落款处,既要求有实习生本人的签名,又要学生所在学校盖章。

这样的文书,令我疑窦丛生。

作为老师,其实我是反对学生在此时去"实习"的。我认为,对于用人单位来说,"实习"的学生就像送上门的廉价劳动力,是他们求之不得的。而且这种"实习",

其实隐含着另外一层意思——挤兑社会的就业岗位和工作机会。

但是，作为一个老师，我没有能力改变整个社会，即使我拒绝自己学生的"实习"请求，也有许多其他的学生会去参加"实习"，去挤兑那些工作岗位。在这种情况下，拒绝批准学生"实习"，无异于剥夺了一次学生找到就业岗位并为毕业后的就业做好准备的机会。在不能给学生提供他想要的工作机会的情况下，我至少不能减少他的工作机会。正是出于这种考虑，我才批准了学生提出的到某单位去"实习"的请求。

而我面前的这份表格，实际上是一份契约，除了试图在实习单位和实习生之间建立一种契约关系之外，还硬要拉上学生所在的学校，实际上就是想把可能发生问题的责任（至少是一部分责任）推给学校。

又想获得廉价劳动力，又想将责任推给指导老师和学生所在的学校，真不知道实习单位是怎么想的。在这种赤裸裸的推卸责任的"合同"上签字，理所当然地被我拒绝了。

就业形势越是不太乐观，越能考验一个用人单位的文化及其价值观。"我能做＝我可以做＝我必须做"是蛮荒时代的行为规则，用人单位是不是应该检查、规范一下自己的行为，承担起应有的责任呢？

怀疑是知识分子的本能

2017年10月5日

> 启蒙运动就是人类脱离自己所加之于自己的不成熟状态,不成熟状态就是不经别人的引导,就对运用自己的理智无能为力。
>
> ——康德

世界是由什么构成的?

早在古希腊时期,人们就提出了这样的问题。从这样的问题出发,人类开始了认识世界、认识宇宙和认识我们自身之旅。这个问题被认为既是自然科学的发端,也是人类哲学的起源。当时,古希腊人对这个问题给出的答案是:物质最基本的构成是土、水、气和火(四元素说)。这种观点在相当长的一段时间内影响着人类,而认识构成世界的元素并找到它们的工作至今尚未完成。

差不多是在同一时期,中国人也根据自己的观察,给出了比方说"天圆地方""金木水火土"等对自然界的解释。

人们的好奇心和怀疑引领人们不断探索,在怀疑中尝试,在实践当中不断加深对世界的认识,从而发展出了我们今天如此繁荣和博大的科学和哲学体系。

如果没有古希腊人阿那克西曼德对我们今天称之为地球的想象及后人对这一想象的怀疑,就没有后来的"日心说"和今天天文学及其相关领域的快速发展;如果没有达尔文对从前人类起源的怀疑,从博物学中总结出"进化论",就没有人类对自己的由来和现实世界的认识;如果没有爱因斯坦对牛顿力学的怀疑和超凡的想象力,就没有现在的相对论和人类对宇宙的深刻理解和认识。凡此种种,"怀疑一切"是笛卡尔打开世界的钥匙,也是他作为一个哲学家给世界留下的宝贵遗产。

人类科学进步的无数事例反复实践着笛卡尔的思想,也无数次地证明,任何一种"正确"的理论,都需要不断发展完善。

在这里,我们不能忘记的是,在哥白尼和达尔文提出伟大学说的时代,有着一股巨大的,甚至足以威胁他们生命的力量存在。这股势力当众烧死了布鲁诺，来试图阻止真理的传播。无独有偶，就在西方科技引领工业革命和航海技术发展的时候，东方的统治阶级也囚禁了那些真正掌握天文知识的科学家，因为他们的知识和学说威胁到了皇室所宣称的"天赐神授"。这些，都是怀疑的代价。

每一个已经或者正在成为科学探索者的人，都毫无例外地要从质疑开始。翻开各种词典，对于"科学"一词的定义无论多么冗长，科学研究的步骤总是从"假设"开始的。那么，这个"假设"来自哪里呢？兴趣和想象的结果——怀疑。苏格拉底有句名言："没有经过反省的人生不值得活。"反省，不是通过怀疑重新找到自己是什么？每当我们阅读或者审读学术论文时，每当我们准备撰写学术论文时，我们首先就要准备好怀疑的姿态。

试想一下，如果人类停止了怀疑，这个世界将会怎样？那是不是意味着人类停止了思考？是不是意味着人类停止了进步？那只意味着一件事：死亡！

怀疑不是一件可耻的事情，它是每一个知识分子，甚至每一个人都值得骄傲的本能。因为，那真真切切地证明了一件事——你还活着。

在某种意义上说，吹捧是奴才的天性，怀疑是知识分子的本能。

撕下你的价签

2017 年 10 月 28 日

（一）大大的支票模型

前不久，应邀参加一个大学生的科技大赛的颁奖典礼，典礼上，选手们一手拿着获奖证书，一手拿着一个大大的支票模型合影留念。和那个小小的获奖证书相比，那个体形巨大的支票模型很是抢眼。

看到此情景，我身边的一位在美国工作的教授悄声对我说，应该突出获奖的意义，而不应该拿着那个支票模型拍照。对他的意见我甚是赞同。接着，他转给了我一篇访谈录，访谈录里，在中国男子篮球职业联赛(CBA)做教练的台湾人邱大宗批评了一些球员的眼里只有金钱。

那个大大的支票模型是一个巨大的象征，无疑也是一种诱惑,它未免让人有了些许会把青年学生引入歧途的担忧。学生在庆祝自己获得了人生中一个小小的荣誉的同时,也在心里埋下了一颗种子,这颗种子最终会结出怎样的果实,不得而知。至于那些提供奖金的人,不知道在他们的心目中,如果获得了诺贝尔奖,那奖金的模型该有多大。

会下,一些获奖学生希望和我合影留念,我爽快地答应了学生们的请求。当他们试图拿着支票模型拍照时,我说:"别拿着那张支票模型了,否则,多少年后看到这张照片时,你们会后悔的。"

说这话时,我想到了那些出席重要庆典却衣着不恭的人,想到了未来这些孩子们在意识和价值观上一定会超越今天的我们,在他们人生的重要时刻不要留下遗憾。

我猜,他们没有全部理解我的意思,但是,孩子们接受了我的建议。

(二)礼品上的价签

记得在国外时,经常收到来自外国人的礼物,那些礼物的标签上绝对不会显示价格。即使原本贴着价格,也会被送礼物的人去除。记得在国外购物时,如果我们说所购商品是准备送人的礼物,服务员都会主动帮我们去掉标牌上的价签。细想一下,这样做不无道理。赠送礼物就是一种心意,也是一种敬意,无须也不能用价格来衡量。

我在国内也经常收到礼物,许多礼物都是带着价签,更有个别时候,送礼者还会特意强调一下礼品的价格,好像生怕我轻视了他的心意。这种提醒顿时让原本看起来正常的交往有了一种别样的味道。礼尚往来是人之常情,各个民族都是如此,原本无可厚非。但是,如果突出礼物的价格,这种感情就会变味,人们的社会关系也会跟着变质。换个角度想,如果接受礼物的人在意的是礼物的价值,这样的人可以交往吗?值得我们用礼物(心意)去表达敬意吗?

撕下物品的价签,是对自己内心的尊重,也是对对方人格的信任和敬意。

(三)奇葩头衔

早些年,我曾经收到过一个名片,是一个和一般名片尺寸相同,却叠了三层的名片,上面印满了对方大大小小的头衔。因为正常尺寸的名片无论如何也装不下如此多的头衔,于是就有了那张今天想起来实在有些奇葩的名片。那些年,社会上流行的类似的名片不在少数。

我看到过的更奇葩的故事出自余秋雨先生的书。书中说,他收到过一张名片,名片主人在名片上的头衔是"副×长",在这个"副×长"的后面还有一个括号,括号里写着"享受正×级待遇,本单位没有正×长"。除此之外,"这是××的孙子""那是××的儿子""他是××的秘书""他曾经是××的翻译"之类的头衔更是漫天飞舞,不一而足。

在一些人眼里,名片上的那些头衔犹如商店里商品的价签,人的价值要靠这些"价签"才能得以体现。当撕掉这些"价签",看到某些人真实的样子时,恐怕只能留下一片嘲讽的笑声。

大大的支票模型、礼品上的价签及奇葩头衔,都反映了同一种社会倾向,都给我们留下了大大的疑问:为什么这些人要靠这样的头衔来表明自己的价值?

撕下你的价签,露出你真正的价值!

更要精神的传承

2017 年 11 月 26 日

看到一则通知,内容是某退休教授以个人名义设立了奖学金,希望有人来申请云云。时至今日,以某退休教授的名义设立奖学金(或者基金)的事情已经是屡见不鲜了。它们有些是完全由退休教授个人出资,有些则是由退休教授和他的弟子共同出资设立的。这或许是人们在精神上自由、在经济上富足的一个具体体现吧。遥想当年,多少学者在生活上都自顾不暇,哪里有资助他人的余力呢?毫无疑问,这些退休教授都是他们那个时代叱咤风云、有着极高学术地位的学者,以他们的名义设立励学的奖励是一件利国利民的好事。

没有钱,在多数时候是件不好的事情,可是有了钱,也未必都是好事情。

记得看过一个扶贫的故事,深谙慈善之道的扶贫者讲道,他坚持精神扶贫、物质扶贫,而绝不金钱扶贫——直接给钱。曾经有位朋友到贫困地区旅行,他惹眼的装束立即引来了众多乞讨的孩子。朋友坚持要求孩子们帮忙做一点事情,然后再帮他们购买一些生活用品,而不是直接给钱。我对这样的做法颇为赞同。

设立奖学金自然不能简单地等同于做慈善。记得在留学时,就多次申请各种类目的奖学金,每次都经历了严格的遴选和审查。申请奖学金时,除了要证明自己优秀、勤奋等之外,还要对该奖学金的意义有所了解,并且要对这些善举表现出感恩之心。

而以教授的名义设立的奖学金,除了上面的各种要素之外,还包含了将该教授树立的德行传承下去的意思。如果没有了精神的传承,而只谈钱,那就难免背离奖学金设立的初衷。因此,奖学金具有资金帮扶和精神传承两种功能,而且和有数的资金相比,无价的精神则更为重要。

希望那些有幸获得奖学金的孩子们能理解这一点。

感动在不经意间降临

2017年12月2日

今年的冬天姗姗来迟，但冬天一来就加快了脚步，寒风一场接着一场，仿佛一下子进入了隆冬。午后的太阳，把办公室加热到了宜人的温度。忙完了自己的工作，看到晚上团队例会的时间还早，便翻开了一本还没有看完的书籍，静静地阅读了起来。刚刚看了几行，"嘟——，嘟——"，案头上的手机响了起来。急忙接起来一听，是同济大学的白老师打来的电话。

"关老师，我们吴书记带队，到你们学院调研教学工作。现在我们想去拜访您一下，您在吗？"

啊！？这实在是有点惊喜，感动在不经意间降临。

自从我从"领导岗位"退下以后，专程而来的"拜访"者大幅度减少，我的办公室几乎成了门可罗雀的"寒舍"

了。有时候也会有人远道而来，但那多是一些老友们来访，或者确实是事出有因，像今天这样的"拜访"着实算得上稀贵了。

从另外一个角度而言，我在大学工作多年，和国内同行业领域的新老教师有着长期的、多方面的交往，让我和老师们有了深度的了解和信任，清淡如水、坦诚相待的朋友比比皆是。我和同济大学的老师们的交往也不例外，白老师还在读博士的时候我就认识了她，和吴书记也是相识多年，老友来访也算得上是情理之中了。

"欢迎，欢迎！请上来吧，我的办公室在×××号房间。"

"有朋自远方来，不亦乐乎。"稀贵客人临门，自然怠慢不得，我放下电话后，便紧张忙碌了起来。清洗咖啡机，添加咖啡豆，加水，设置咖啡杯数和浓度，一切准备就绪，便把煮咖啡的任务交给咖啡机了。殷勤的咖啡机仿佛读懂了我的心情，立刻欢快地飞转起来，很快便完成了我交给它的工作，咖啡的香气在我的房间里弥散开来。也就在这时候，客人到了。

"关老师好！我们是不速之客……"吴书记客气地说道。

"欢迎，欢迎！请，请！"

把客人让进房间，请客人们在沙发上落座之后，便给客人们分别倒上了刚刚煮好的咖啡。大家一边喝着咖啡，一边聊了起来。

吴书记向我一一介绍了白老师之外的六位同行教师，其中一位年轻男老师（王治老师）还回忆起了2009年在天津第一次见到我时的情形，其他老师也热情地回忆起我们共事的经历。让我感到惭愧的是，我实在无法一一准确地记得和他们初次见面时的音容笑貌，无法一一说出他们的姓名。

随后，让我万万没有想到的是，吴书记和白老师拿出了我刚刚出版的拙作《路上的萌动》，要我在上面签名。

这让我如何消受得起。

欣然接受二位老师请求的同时，我问了一下他们是否也有了更早出版的那本《路上的沉思》。白老师说有，而吴书记则回答说没有。于是，欣然送给吴书记一本《路上的沉思》，并在扉页签上了我的名字。

吴书记在送给我一件礼物——一个印有同济大学校徽的、制作精美的名片夹之后，便要起身离去。

这怎么可以？

"我请你们吃晚饭。"我对吴书记和众人说道。

众人极力推辞。我看了一下手表，此刻去吃饭的确时间尚早，但是让远道而来的客人就这样匆匆离去，实在有违我的待客之道。

我望了一眼客人们的咖啡杯,许多杯子已经空置在那里了。我猜他们出门在外,喝杯水也不方便。于是,我提议大家再喝一杯咖啡,等到时间再去吃饭,但众人还是执意要离去。恭敬不如从命,我只好在合影留念后惋惜地送别了客人(图一)。

挥别客人后,我立即抓起电话,给白老师的师妹、我的助手严老师打了过去,委托她替我请众人吃饭,严老师爽快地答应了下来。不一会儿,严老师通过短信告诉我:"关老师,我和白玉师姐联络上了。我晚上带她和同事一起去吃东来顺,您不用操心,我把您的心意带到!"

谢天谢地,总算是有了些许心安。

下班时,天已经完全黑了下来,心头那股融融的暖流,为我彻底驱赶走了严冬的寒意。

图一　与同济大学老师的合影

学者的品

2017年12月11日

一流学者永远用怀疑的眼光看待"宣称的"事实。

二流学者用欣赏的眼光看待某些人"宣称的"事实。

三流学者只会赞美某些人"宣称的"事实。

第二篇

和我们的病和谐相处

忽视工程对象的人文价值的结果，就会出现看似我们正确地按照标准和规范建设了城市交通系统，但是对出行者来说就是很不方便、不好用，还可能有许多其他问题。

一座城市的建设目标很多，何必一定要执着于拼命地提高机动车的车速。

在第三届 OpenITS 年会上的讲话

2017 年 1 月 6 日

应邀参加在同济大学举办的第三届 OpenITS 年会，原本没有计划发言，在会议临近结束时，东道主同济大学杨教授走近我，希望我能"讲几句"。盛情难却，欣然应允，即席做了如下发言。

各位来宾，大家下午好！

应邀参加此次 OpenITS 年会，感觉很荣幸。晓光教授让我讲几句，我完全没有准备，就谈谈对此次会议的感想吧。

OpenITS 大会从第一次在广州召开至今，已经走过了三个年头。在这期间，OpenITS 组织做了很多工作，取得了很大的成效，组织自身也得到了长足的进步，在向全国交通工程界提供交通数据方面，作出了巨大的贡献。也就在这期间，交通数据的收集、整理、共享和应用等领域都得到了迅猛的发展。从这些发展中，我们能够看到 OpenITS 的贡献。与此同时，我们也高兴地看到，借助这些平台和数据，我们交通工程界的学者，尤其是青年学者们茁壮成长，交通工程界正不断发展壮大。

一天来，通过聆听演讲嘉宾的精彩演讲，学到了许多东西，开阔了视野，获益匪浅。如果说一定要谈一点希望的话，我想从两个方面谈谈感想。

（一）希望我们交通工程界的专家学者注重学理性研究

理论方面的成长是一个学科发展的基础，一个学科在学理上的进展才是坚实的进展，才是我们这一代学者应有的贡献。

什么是学理呢？就是科学上的原理和法则。交通工程的学理，就是交通科学上的原理和法则。

交通科学从草创到今天不过百十年的历史，早期的交通工程和其他学科一样，都是从现象开始，运用简单的物理、数学及其他方法，对交通现象加以把握和解释。以此为基础，前人筑起了交通工程学科的学理。我国的交通科学前辈们，在学习、吸收前人成果的基础上，构建了我国交通工程专业的学理，形成了一整套基本的概念、原理、方法和结论。这些都是我们今后完善交通工程学理的基础。我们的任务是从已有的学理出发,去发展、深化这套学理,而不是无视这些学理的存在,为了所谓的创新而生硬地去"创造"一些"概念""原理""法则",使交通工程走向歧途。

我们这一代学者应对学理给予足够的尊重,以学理为基础去"讲道理"。

(二)注重人文体现价值

近些年交通基础设施建设和管理的经验告诉人们,我们更注重工具理性,而在一定程度上忽视了价值理性。所谓工具理性,是指通过实践的途径确认工具(手段)的有用性,从而追求事物的最大功效,为人的某种功利的实现服务。一般认为,工具理性是通过精确计算功利的方法最有效达至目的的理性,是一种以工具崇拜和技术主义为生存目标的价值观。

而价值理性则是相信一定行为的无条件的价值,强调的是动机的纯正和选择正确的手段去实现自己意欲达到的目的,而不管其结果如何。人们只赋予选定的行为以"绝对价值",而不管它们是为了伦理的、美学的、宗教的,或者出于责任感、荣誉和忠诚等方面的目的。

忽视工程对象的人文价值的结果,就是会出现看似我们正确地按照标准和规范建设了城市交通系统,但是对出行者来说就是很不方便、不好用,还可能有许多其他问题。

最后,我想引用《历史的终结》(The End of History)的作者弗朗西斯·福山的一句话作为结尾:

科学和技术是进步的基础,对于这种主张,二十世纪的经验已显示相当值得怀疑,因为,技术能否改善人的生活,跟与之平行的道德进步程度有密切关系。如果道德不进步,技术的力量就只有奔向邪恶的目的,人类将被投置于更恶劣的境遇。

谢谢大家!

(三)后记

演讲结束后,我的手机里收到一个朋友发来的这样一段话:

听了您的发言,我很有感触:今天讨论了这么久,都是关于"车"的讨论,很少(基本没有)讨论其他模式,尤其是慢行模式的大数据问题,就是说我们大部分时间还是在考虑如何为"车"服务。

《看交通·论交通》书序

2017年1月25日

今天,我们跟随着春天的脚步,齐聚在春光明媚的历史文化名城南昌,通过"江西智能交通论坛",共同讨论智能交通及交通发展大计,为江西乃至我国的智能交通及交通事业贡献我们的智慧。

到目前为止,"江西智能交通论坛"已经成功地举办了两届,每一届论坛都取得了为数众多的学术和技术成果,为我国的交通事业作出了重要贡献。今年论坛的主题是"看交通·论交通"(这里的"看"当观察讲),即,对交通的观察和思考。

屈指算来,我国的智能交通事业已经走过了二十多个年头。在这些岁月里,我国的智能交通事业和国家建设的脚步及世界科技、文化进步的脚步一起,高歌猛进,迅速发展。可以毫不夸张地讲，我国的综合交通事业几乎是在一夜之间，在许多方面跨入世界先进的行列。这些都是让我们引以为傲的地方。

然而，国家在发展，人类在进步。科学技术和道德文明两个车轮不断推动着人类社会向着更高的阶段迈进，不断地促使我们站在更高的视角来看待我们所取得的成就。这种俯瞰，便是我们今天来到南昌城纵论智能交通、观察和思考交通问题的动力。

从专业背景的角度，我们更加容易看到科学技术对人类社会的推动作用，更加容易发现那些今天科技界人士耳熟能详的"互联网+""大数据"及"人工智能"等技术对人类交通事业进步所发挥的作用。然而，正如弗朗西斯·福山指出的那样："如果道德不进步，技术的力量就只有奔向邪恶的目的，人类将被投置于更恶劣的境遇。"在推动物质文明建设的同时，我们还需要看到精神文明的重要性。这就意味着，我们不仅要"观察交通、论交通"，而且还需要跳出交通，从人类、从城市、从生活的角度来看待交通和社会发展。要做到这一点，就需要我们超越技术层面的工具理性，去寻找文化的源泉和人文的力量。

在这个意义上来说，我们今天齐聚江西，这个具有厚重文化历史底蕴的地方来讨论智能交通的发展，就具有了另外一层含义。

大家知道，江西历史悠久，汉代初设豫章郡，历史上文化繁荣、人文荟萃，涌现出了诸如欧阳修、王安石、曾巩、黄庭坚、晏殊、晏几道及汤显祖等一大批文化名人。江西还是思想家、哲学家朱熹的故里，有"白鹿洞书院"这个闻名遐迩的学术交流圣地。江西所孕育和承载的中华文明，是使我们保持价值理性，站在人类发展、社会进步的高度，将智能交通技术引向正确发展方向的智慧源泉。

我们期待着江西的人文气息不断为"江西智能交通论坛"注入新的活力，期待着"江西智能交通论坛"产出更多的成果。最后，请允许我借用朱熹的《春日》，祝我们的"江西智能交通论坛"越办越好。

胜日寻芳泗水滨，无边光景一时新。
等闲识得东风面，万紫千红总是春。

探索交通问题解决之"道"

2017年2月25日

（一）问题的提出

近些年，我国交通建设取得了许多令国人自豪、让世界瞩目的成就，但我们的城市交通管理现状并非尽如人意。

人们不禁要问：为什么我们的路口总是混乱不堪？为什么人行道上总是障碍重重？我们的城市道路，路口适合我们步行、自行车出行比例占50%以上的城市吗？

毫无疑问，这些现象与我们规划、建设及管理的思路有关。那么，应该如何认识我们的交通呢？老子说："道生一，一生二，二生三，三生万物。"衍生出这些交通现象的"道"是什么？深刻影响我们城市交通的那个"道"又是什么样的呢？

（二）观察对比

老子和庄子都认为，"道"无处不在。我举个例子，我们来到一个城市，一看其社会形态，就能大概估计到这个城市的整体情况，看出一些问题。如果居民住宅的防盗窗从一层修到了十几层、二十几层甚至三十多层，我们就能想到这个城市的治安应该很糟糕，而形成这样的局面一定有它的原因。

日本京都市的河原町，是京都商业最繁华的地方。四条河源町有一条道路，本来是上下四车道，很窄。现在改成了上下只有两车道，这意味只要有一辆公交车走或停，后面所有的车都要跟随、等待，这就是日本人认为的公交优先。而在这样的地方出现这样的交通管理措施一定有它的道理。

如果有人问交通带来的三大问题是什么，一般都会回答：拥堵、安全和环境污染。而同样的问题，如果我们问不同国家的人，或许会有不同的答案。翻开欧美的教科书，人们会发现那里经常把"安全"视为交通带来的第一问题，其次才是"拥堵"和"环境污染"。

我们发现，人们对交通问题重要程度的排序并不相同。那么，这种排序不同是个问题吗？如果是，又意味着什么？如果我们在认识上也调整排序，我们的交通系统会有所改变吗？

把"安全"视为交通的首要问题，是否意味着更重视人的存在和需求？而把"拥堵"放在首位，是否意味着更重视车的存在和需求？这或许正是问题的关键。

（三）思考及对策

我们发现交通系统的"道"，是理解一系列交通现象的起点。

孟子说过："民为贵，社稷次之，君为轻。"这句话给我们提供了一个思考问题的角度。依照"民为贵"的思路重新审视我们的道路交通设计，由弱者、行人、非机动车优先及多数人优先等原则出发可以发现：一个交通系统是否好用取决于交通系统中对人的位置的考虑。

那么仅仅从解决交通拥堵问题出发，就能解决拥堵问题吗？古人早就说过："取乎其上，得乎其中；取乎其中，得乎其下；取乎其下，则无所得矣。"也就是说我们要有一个很高的境界，或者很好的思路，才能得到很好的结果，否则什么都得不到。

换句话说，仅想着解决交通拥堵问题，可能得不到我们期望的结果，这是中国传统哲学给我们的启发。那么，在解决交通拥堵问题时，究竟什么是"其上"？我认为应该是人文关怀。建设和谐社会、建设宜居城市，这才是我们应该"取乎"的"其上"吧？

许多中国人最担心的交通问题是拥堵，那么到底应该怎么去认识交通拥堵问题呢？有证据证明，近些年日本东京、大阪及名古屋拥堵时的平均车速在 15~17 公里/小时。曼谷、伦敦、纽约等大都市高峰时段的平均车速也在 10~20 公里/小时。而我国许多城市早高峰的平均车速是在 20 公里/小时以上。因此，仅就机动车拥堵情况而言，我们的城市道路交通状况并非像我们自认为的那样糟糕。在和伦敦的交通专家交流时，他们曾表示，平均时速 20 公里正是他们希望的速度。因为，那样居民会感到更安全，整个城市也更舒适。

由此看来，如何看待交通拥堵是一个很大的问题。改变对车速的追求，设计好人在道路交通系统中的位置，或许是今后城市道路交通发展的关键。正像处理好停车会促进道路畅通、提高运行效率那样，处理好道路交通系统中的人，我们就会得到一个更加和谐顺畅的道路交通系统。

纵观我国的交通工程实践，迄今为止我们的交通设计、规划还是更多地考虑了机动车的需求，而忽视了行人和非机动车的需求，牺牲了他们的利益。这主要是我们的观念问题，只要我们的观念端正了，剩下的问题就好解决了。

从长远来看,我们应该以城市的繁荣、生活的宜居为目标,交通系统的构建也应服从这一目标。这就告诉我们,首先要考虑的一定是安全、公平和以人为本这个交通问题之"道",这个应该取乎的"其上"。

学会接受是一种勇气

2017年4月21日

阿图·葛文德（Atul Gawande）所著的《最好的告别》（*Being Mortal: Medicine and What Matters in the End*）向人们提出了一个严肃的问题：我们应该如何走完人生最后的里程？

该书通过大量的事实解答了这个问题，也给我们带来了许多的思考。我们很容易想到，每一个人都要经历一个从青春成长到慢慢衰老、最终死亡的过程，这是一个不可抗拒的自然规律。经验告诉我们，人们或许可以延缓这个过程，但是没有人可以改变这个规律。

我在这里想继续谈的不是关于人，而是关于我们的城市和我们的交通。

作家简·雅各布(Jane Jacobs)写过一本书,叫作《美国大城市死与生》。在这本书里,作者谈到了城市的特性、城市多样化的条件、城市的衰退和更新。纵观全球,已经衰退和正在衰退的并非只有这本书里提到的那些城市。那么,我们应该如何看待城市的衰退?应该怎样看待这些衰退城市的交通系统?又应以怎样的心态接受一个怎样的交通系统呢?

(一)以坦然的心态接受现实

人类生命的自然过程告诉我们,人总是要衰老的,衰老的人的生理功能自然无法和青年人相提并论,如肌肉的力量、行走的速度等。尽管我没有确凿的证据来证明,但是我相信,人驾驶机动车的期望速度会随着年龄的增长而降低,从而导致驾驶机动车的速度降低。这些自然规律告诉我们:

第一,人的生理机能更多时候是无法依靠药物或者其他医学手段来恢复和提升的。

第二,随着城市人口平均年龄的增加,城市整体道路交通运行速度会逐渐降低。

这些,都是我们在思考城市、人口和道路交通时必须面对的现实。

（二）应该知道我们想要什么

今天，差不多全体中国人都希望机动车出行具有更高的便捷性。但是，我们具体的期待是什么呢？我们姑且承认道路交通"拥堵"是道路交通的"头号敌人"（其实我更愿意认为道路交通安全才是"头号敌人"），那么，怎样的状态才算是不拥堵了，才能被我们接受呢？

如果对于上面的问题我们还没有想好答案的话，那就先来看看当今世界上一些大城市的道路交通状况吧。东京、大阪、名古屋、伦敦及纽约等城市中心区高峰时的平均车速都在 20 公里/小时以下，我国许多城市早高峰的平均车速则在 20 公里/小时以上，有的城市甚至宣称达到了 30 公里/小时以上。而我们取得这一"成绩"的代价，就是城市主、次干路的比例远远高于支路的比例。这从一个侧面反映了步行、骑自行车出行者的通行空间受到挤压，从而更加不安全、不方便。

这两组数字对比说明了什么？我们要不要思考一下，为了把城市道路平均车速提高 1 公里/小时，人们需要付出怎样的代价（其中包括了生命的代价）？

一座城市的建设目标很多，何必一定要执着于拼命地提升机动车的车速。学会接受，又何尝不可？

是该丢弃唯 SCI 和 EI 是论的时候了

2017 年 5 月 4 日

  第一次听说 SCI 和 EI 还是在日本留学的时候。那时候接待一个从国内来访问的大学代表团，席间听到一位团员老师在说他们的论文的时候，提到了 EI。当时真还不知道什么是 EI，什么是 SCI，也缺乏对这些东西的好奇心，并没有把这件事放在心上。直到 1999 年回国后，才弄懂了 SCI、EI 和学术论文的关系，才弄懂了国内学术界强调 SCI 和 EI 的意义。

  在 20 世纪末、21 世纪初，国民的科学素养普遍没有那么高，科技人员也普遍缺乏科学研究的积淀，更不用说根据科研成果撰写学术论文了。也就在那个时候，国内普遍恢复了技术等级评聘的相关制度，从而给了科技人员一些政治地位之外的社会地位。一边是大量科技人员需要证明自己的学术水平，一边是科学研究的空白，于是，大量低水平的"学术论文"便应运而生，充斥于各种学术期刊和学术会议。

那时候，如何提高论文的学术水平，以及如何判断一篇论文的学术水平就成为摆在人们面前的亟待解决的问题。

于是，有人想到了 EI 和 SCI。人们简单地认为：EI 和 SCI 文章就是高水平论文，就把它们当成了判别论文学术或者技术水平的一个标准。只是在一开始，工程技术领域里的人们还很少提到 SCI。应该承认，在某种意义上来说，EI 和 SCI 论文的整体质量的确有别于改革开放早期国内学术界发表论文的整体水平。

在那个时期，追求 EI 及其相关指标的最大意义，在于中国科学技术界找到了一个和国际学术界接轨的标准，对于引导科技人员更加规范地完成学术论文乃至进行科学研究工作发挥了重要作用。随着国内科研水平的不断提高，EI 已经成了明日黄花。今天，即使是在工程技术领域，也一定要强调 SCI，更有甚者，还要比较论文的所谓影响因子和基本科学指标数据库（ESI）排位。

如果说改革开放初期国内的学者尚不懂得如何撰写学术论文，因此要引入 EI 和 SCI 来帮助人们建立基本的学术水平判断标准，尚有它的进步意义的话，事情发展到今天，不能不让我想起老子的话："反者道之动。"

前不久，施普林格出版社对其旗下《肿瘤生物学》（ *Tumor Biology* ）中 107 篇来自中国学者的"学术论文"发布撤稿声明，理由是这些论文涉嫌造假，而且这已经不是第一次发生类似的事情了。从这个事件中，人们看到了许多问题，其中之一就是国内在对科研人员的考核指标中对 SCI 的盲目追求。

我们都知道，EI 和 SCI 等绝大多数是以英文期刊为对象，这就使得中国学者必须第一时间用英文发表自己的学术成果。这样做的结果，固然促进了中国学者的国际交流，但是也会带来如下一些问题：

首先，许多中文学术刊物失去了凭借这些优秀的学术论文成为国际著名刊物的机会。我们可以想象，世界上各个学术领域的著名学术刊物，之所以能令不同时代的学者都趋之若鹜，不就是因为有持续稳定的优质稿源吗？当今，以我国如此高而持续的科研投入、如此庞大的科研队伍、如此多的 SCI 论文，中国的学术刊物还怕缺乏优质稿源吗？因此，如果说我们如此科技繁荣的时代都不能造就一批优秀的中文学术期刊的话，那个罪魁祸首不是别人，正是依然在追求 SCI 和 EI 的我们自己！

其次，SCI 使得一些很好的学术成果不能得到及时发表。千军万马争过"SCI 独木桥"的结果，是许多国际期刊编辑必须在极短的时间内对论文是否送审作出判断。我们不能肯定这样的判断都是恰当的、准确的。

另外，影响了学术会议上学术交流的质量。原本，学术会议就是要充分交流学术思想和学术成果，用以推动学术的进步。而对于中国学者而言，因为要完成 SCI 的指标，在决定是否参加学术会议时就会更关心论文是否检索、刊载的学术刊物如何等问题，致使许多重要学术会议上的学术交流效果大打折扣。

最后，使得国内许多学者失去了第一时间了解最新研究成果的机会。毕竟英语并非中国人的母语，毕竟阅读英文文献需要付出更多的努力。

至于为了发表一篇 SCI 论文，不得不支付上千美元、欧元版面费的让人唏嘘不已的事情就不在话下了。

2002 年，诺贝尔化学奖颁给了一个叫田中耕一的日本人，原因是他偶然用激光轰击成团的生物大分子，意外地解决了"看清"生物大分子"是什么样子"的问题。1987 年，他把自己的学术成果在京都市的一所私立大学——京都工艺纤维大学举办的一个小型国际会议上发表出来。这个成果不是 SCI，不是 EI，甚至连会议论文都不是。但就是这篇论文，推动了科学技术的进步，也成就了一个诺贝尔奖。

到今天为止，已有 20 多位日本人获得了诺贝尔奖，但在日本的学术界,从来就没有唯 SCI 和 EI 马首是瞻的事情。

不胜枚举的故事反复在提醒我们,我们撰写、发表学术论文的目的,归根结底就是将自己的学术思想及学术成果公之于众。至于其他,都不过是学术论文所附带的东西而已。因此,把这些附带物当作撰写和发表论文的目的,未免是本末倒置了。

回到我们追寻 SCI 和 EI 的当初,我们很容易看清问题的本质:当时国内学者由于缺乏足够的学术素养,从而无法准确把握学术的标准,说到底,是缺乏学术自信,才需要借助于 SCI 和 EI 这样的"拐棍儿"。但是,今天我们还需要 SCI 和 EI 这样的"拐棍儿"吗?

"反者道之动,弱者道之用。"过度强调 SCI 和 EI 的副作用已经开始显现。是该丢弃唯 SCI 和 EI 是论的时候了。

一次性时代单车？

2017年7月13日

一辆小黄车静静地躺在路旁,很是显眼。

更为显眼的是,簇新的车子居然没有了座椅,一个脚蹬也不见了踪影,这样的单车如果不修理,肯定是不能继续使用了。

类似悲惨的现象可以说是俯拾皆是,类似问题的报道也经常见诸报端。不知道那些共享单车的经营者是否做过统计,投放市场的共享单车平均寿命有多久?会超过6个月吗?我看很是可疑。为此人们不禁要问:我们的自行车进入"一次性"时代了吗?

快节奏的生活和产能持续扩增彻底改变了人们的消费观念,生活中有了越来越多的"一次性"商品,购买和使用"一次性"商品的消费观念也极大地刺激了生产和消费,并一定程度上促进了经济的发展。

"一次性"的消费观念也带来了许多问题,最突出的就是资源的有效利用和环境保护的问题。例如,很多地方的人们已经意识到"一次性"筷子带来的资源和环境问题,纷纷倡议并自觉改用更加环保的、可重复使用的筷子。

从任何一个角度来讲,自行车都不应该被贴上"一次性"的标签,共享单车的短命只会导致社会财富的浪费。

那么,共享单车短命的问题究竟出在哪里?

依我看,这个问题不是出在它没有体现"共享经济",不是出在它没有体现"互联网+",也不是出在它的商业模式上,而是出在由社会道德水平决定的人们对非个人财物的态度和行为上。失去了道德的约束,任何需要社会道德支撑的运维模式都会出现巨大的"黑洞",吞噬掉源源不断投入的社会财富。

因此,不断提升人们的道德水平对社会发展非常重要。

"小黄车"还能坚持多久?

但愿这样的疑问是杞人忧天。

和我们的病和谐相处

2017年5月26日

（一）我们生病了？

我们的身体经常会有些不适，这儿疼了或那儿痒了。你说它是病也行，说它不是病也可以。

随着年龄增长，我们的眼睛会花，听力会差，步履会不如从前矫健，思维也不如从前敏捷，……

我们是生病了吗？

我们应该如何面对？

在和女儿的交谈中说到了癌症。女儿说，医学界对癌症的认识正在逐渐加深，越来越倾向于将癌症视为一种慢性病。医学上不能、也不必消灭它，最好的办法就是接受它的存在，最大限度地和它和谐相处。过度地治疗不仅不会更好地控制病情，反而可能伤害人的健康肌体。

衰老和慢性病,都是我们必须坦然接受和面对的现实。我们需要在充分认识客观规律的基础上,学会和那些病和谐相处,直到我们的终年。

和我们人类类似,城市也有它的生和死,也会衰老,也会得慢性病。世界上经历了生死考验,或是今天正在经受慢性病和衰老折磨的城市实在为数不少,交通拥堵便是城市的"慢性病"之一。曾经有人很是形象地把机动车造成的交通拥堵形容为城市的"糖尿病",是一种富贵病,当人人都买得起小汽车时,必然会发生。这就引起了我们的思考:这种"病"会让一座城市死掉吗?我们能治愈它吗?如果不能,我们应该怎么办?

能让一座城市消亡的原因有多个,瘟疫、自然变迁、战争及人为迁徙,等等。但是,因为小汽车暴增造成交通拥堵,进而导致城市消亡的事情还没有发生过。今后是否会发生,也很值得怀疑。

我们应该如何认识交通拥堵的问题?

我们要不要接受拥堵会长期甚至"终生"伴随着我们的城市这个现实?

(二) 几个事实

数据显示,多年来,日本的东京、大阪及名古屋在拥堵时的平均车速一直在18公里/小时以下。无独有偶，曼谷、伦敦及纽约等城市高峰时的机动车平均车速也都在20公里/小时以下。这是巧合吗？还是其中隐藏着什么耐人寻味的秘密？

（三）决定城市平均车速的因素是什么？

当一个交通工程师面对这个问题时，他肯定会给出一长串答案，其中至少会包括基础设施、交通管理、车辆及人等多个方面的因素。

人们已经接受交通系统是一个巨大的、复杂的系统这一概念，但是，不是所有人都愿意承认交通系统是城市这个更大、更复杂系统的一个组成部分这样一个事实，生怕承认后会使得自己"退居"从属地位。事实上，我们推崇交通引导城市开发（TOD）理念，就等于已经承认了交通从属于城市。其实，承认太阳系是银河系的一个星系有什么问题呢？从这样一个角度出发，我们会发现决定城市平均车速的因素又会复杂许多。

一些身居国外的学者在学术会议期间非正式的议论中曾表示，"20公里/小时"是一个从交通安全和城市宜居角度都可以接受的机动车的平均速度。即，那是一个"我们想要的"速度。这透露出另外一个重要信息：决定（或接受）城市的某种状态，还要考虑人文因素。

说得具体点的话，那就是城市应该让所有居民感到幸福，而不仅仅是让小汽车出行者感到快乐，那个被居民普遍接受的机动车平均速度也应使城市其他居民幸福。由此我们就可以理解，为什么越来越多的西方城市普遍接受在交通平静化（Traffic Calming）概念指导下设计的交通设施了。

（四）其他相关案例及启示

从城市再开发的角度，我们还有其他的项目可供参考。

其中，有波士顿的"大开挖"工程和首尔的清溪川改造工程等总体上算得上是成功的案例。此外，日本大阪的梅田附近，目前也正在进行规模宏大的再开发建设。这些案例明白无误地告诉我们，在居民生活幸福和城市持续发展的更高追求下，机动车交通完全可以也应该居于从属地位。

而且，当机动车交通和城市的历史文化、居民安全、安宁生活有冲突时，机动车出行就显得不那么重要了。

（五）一个猜想和一个假设

生活的经验告诉我们，人们驾驶机动车的期望车速和驾驶人的年龄有关，随着年龄的增长，驾驶车辆的期望速度会随之降低。

这个经验给了我们这样一个猜想,随着人口的老龄化,街道上自由流的车速会逐渐降低,从而带来城市整体平均车速的降低。

当然,人口老龄化带来的变化远远不止这些,比如还有老龄的非机动车出行者更需要能安全、便捷地通过马路和交叉路口。

这些趋势也给交通工程师们提出了一个问题:我们的道路基础设施和管理措施是否需要适应这种趋势,而不是盲目地追求提高机动车的速度?

很显然,无论我们将其称为"交通拥堵"或是"城市病",我们的城市交通确实遇到了问题。如果我们将其比喻成难以治愈的糖尿病的话,我们是否需要平静地面对它呢?是否需要找到一个可以接受的"血糖"水平,用较小的代价去维持这个水平,以换取整个城市的和谐安宁呢?

国际上一些大城市的"20公里/小时",是不是那个我们可以接受的水平?

如果不是,这个数字应该是多少?我们准备为提高1公里/小时付出多少代价?这个代价不仅仅是城市建设的费用,它应该还包括在交通中牺牲的生命、历史文化、环境等方面。

（六）结论

我们需要学会接受，需要习惯和城市病和谐相处，学会在规律面前低头。无谓地挣扎会带来更多的诸如牺牲交通安全、耗费人力物力、损伤城市肌体、破坏城市文化及影响居民幸福等副作用。

机动车交通不是一座城市好坏的唯一评价标准。

20 公里 / 小时的机动车平均车速，是值得我们思考的指标，尤其是在老城区。

如何更清楚地认识自己

2017年11月13日

（一）认识庐山

> 横看成岭侧成峰，远近高低各不同。
> 不识庐山真面目，只缘身在此山中。
>
> ——苏轼《题西林壁》

苏轼这首诗可谓家喻户晓，不同时代的人读起来，会有不同的体会。

在凡人的眼里，庐山不过是一群大大小小的峰和岭，不过只有远近高低的不同。然而，我们看到的，就是真正的庐山吗？如果不是，又该如何认识那个真正的庐山呢？诗中没有直接给出答案，只是告诉我们，没有认识到庐山的真面目，就是因为我们置身其中。

诗人通过庐山向人们提出了一个深刻的问题：我们应当如何认识我们所处的世界？

（二）认识专业

人们一直试图从更高的角度认识世界、把握世界，从而获得更大的自由。于是，便产生了各种各样的专业。人们在专业的道路上越走越远，以至于无法自拔。很多年来，受实用主义思想的影响，人们经常以为"越专越好"。以这类思想为背景，便产生了Ａ先生说Ｂ先生"不务正业"的情况。其意思是：Ａ先生认为Ｂ先生没有做Ａ先生认为Ｂ先生应该做的他的专业内的事情。显然，这绝对不是Ａ先生对Ｂ先生的赞扬。

从自我实现的角度来看，每个人似乎都应该有一个清晰的人生目标，找到自己的人生之路。专业，不过是一条通向人生目标的小径，完全不是不可更改、不可拓宽的、不可加厚的。而要认识和发展一个专业、学科的内涵和外延，单单在一个专业内探索就够了吗？会不会陷入"不识庐山真面目"的境地呢？

从另外一个角度来看，是谁规定了一个人的"专业"呢？哥白尼必须是一个天文学家、达尔文必须是一个生物学家、爱因斯坦必须是一个物理学家，而且必须终生不得改变吗？显然，没有谁可以规定一个人的一生。我们还可以问，如果没有多学科知识的融会贯通，那些伟大的科学家还会成为科学巨匠吗？大科学家薛定谔曾经指出：

> 一群专家在某个狭窄领域所获得的孤立知识本身是没有任何价值的，只有当它与其余所有知识综合起来，并且在这种综合中真正有助于回答"我们是谁"这个问题时，它才具有价值。

这听起来似乎是有些宏大了。不过事实上，很多大科学家就是多个领域的专家。

（三）认识自己

人们根据科学上的相似原理，试图用科学的方法去把握并解析交通现象，在这个由人、车和路构成的系统中，人们对交通现象复杂性的认识在日益加深。交通工程学科领域的拓宽和加深，正是由于人们一次又一次地跳出了前人所建构的学科范畴，把交通科学带入了新的空间。

交通，是一门永远存有遗憾的科学。很多时候，科学意义上的精确结果在交通问题上并不存在实际意义，比方说交通需求预测的结果精确到个位数，至少在今天是如此。

　　人们认识自身的强大动力，让人们把眼光投向了遥远的星际。这些看似不着边际的行为，实际上确实会让我们更加全面、清晰地认识自己。因此，我们为了认清，就必须走开一点。

　　走开一点，为了认识庐山；

　　走开一点，为了认识专业；

　　走开一点，为了认识我们自己。

我只是在用我自己的大脑思维

2017年11月24日

一个学术会议给我提供了一个发言的机会,既然机会难得,就想给大家分享一点新的思考结果——和我们的病和谐相处。其主要观点是,认识客观规律,按客观规律办事,在一定程度上接受一些"病"无法也无须治愈的现实,采取有限的行动,不要蛮干。

从演讲结束后的掌声和会后大家的反馈来看,这个演讲赢得了许多共鸣。

会下,在和同行交流时,有人对我说:"你的观点可能不会被领导接受。"

我毫不怀疑这句话的可能性。从同事的这句话也能判断出,他应该是来自政府部门,至少是经常和政府部门打交道,从而深知领导所思所想。此外,我还能感觉到他已经养成了某种思维习惯，我不好说这是一种怎样的思维习惯，但是有一点是肯定的，那就是这种思维不属于他自己。

记得在多个学术会议上，就在大家都大谈特谈如何治理交通拥堵的时候，我抛出交通平静化（Traffic Calming）、优先重视交通安全而不是交通拥堵等思想和话题，也在学术圈子里引起了阵阵涟漪。随着时间的推移，当年我提倡的许多思想已经成为许多城市的行动。用我的话说，就是把"独唱"变成"齐唱"，再变成"大合唱"。但是，在大合唱之前，总需要有人"领唱"，需要有人去思考。

"我只是在用我自己的大脑思维。"我回答道，其背后还有一句没有说出来的话，就是"不用别人的思维去思维。"

在"副都心停车规划"评审会上的讲话

2017年12月3日

首先,我们必须明白我们需要什么。如果说要消灭"城市病",我认为你们从一开始就要对政府说清楚:仅凭规划,想让未来的副都心变成刚才说到的那些欧洲小镇的模样,根本做不到。如果在城市管理的理念上、方法上没有改进,副都心还是会和城里的其他地方一样。因为,你、我面对的人是同一群人,他们具有相同的文化、相同的价值观、相同的生活习惯和相同的行为规则。

为此,我们必须明确,要想做到副都心没有"城市病",就必须首先在观念上、在管理方法上有所突破。这就需要政府摆正自己的位置,政府只需要做两件事:制定规则和维护秩序。

（一）制定规则

目前，大家已经在优先发展公共交通方面达成了共识，而且试图在资源分配上有所倾斜，这就要求政府在其他方面也坚定不移地贯彻这个思想。从本质上说，密集的路网、宽阔的道路和大量配置的停车位，就是和优先发展公共交通的政策相矛盾的。既然我们已经配置了那么高密度的轨道交通网、地面公共交通网，我们就应该最大限度地发挥这些公共交通资源的作用，而限制小汽车在这一地区的使用，就应该配置与这个思想一致的停车资源。

其次，要让市场机制充分发挥作用。政府应该在推行公交优先政策中作出表率，也应该在高效利用有限的土地资源方面作出表率。在政府管辖的范围内，如办公场所，停车位的配建量应由政府控制。而在非政府用地，如住宅用地，停车位的配建量应交给市场决定。开发商知道配建多少停车位能使土地的价值达到最高，配建多少都是开发商自己的事情。政府应乐观地看待土地价值的最大化，用增加的税收提高城市财政活力，促进城市居民福祉的提升。至于保障性住房，更应贯彻"公交社区"的理念，力争做到居民仅仅依靠公共交通就可以方便地出行。

如果商业住宅的开发商不愿意履行自己的停车配建，甚至想将停车问题推向周边的街道，那就是我下面要说的第二个问题。

（二）维护秩序

要想没有"城市病"，政府就必须维护秩序。从某种程度上说，有了法制，就算没有"好的规划"，也可以有好的秩序；但如果没有法制，再好的规划也不会带来好的秩序。况且，从来就没有一个完美的规划，将规划作为秩序的保证是根本站不住脚的。那些世界公认的优美的城市，有多少是仅依靠规划而没有管理的？

因此，没有法制，就不可能有良好的秩序。仅仅依靠规划，而不坚定地执法，不维护市场和社会秩序，副都心还会是我们在其他地方看到的那个样子。试图通过"好的规划"来解决秩序问题是十分幼稚可笑的。

在维护市场秩序方面，涉及的问题就是要不要建设公共停车场。在我看来，公共停车场可以建设，但是，第一是要和公共交通优先的政策协调一致，数量一定要少；第二是运营上必须采用市场化运作方式。公共停车场应和其他国有资产一样，通过市场化运作，获得的收入上缴城市财政，进入国民经济系统统一分配，或者用于改善公共交通系统。

关于路内停车位的问题，政府需要有一个清醒的认识。不错，路内空间是有利用的可能。但是，如何合理、合法使用路内停车资源，是必须想清楚的问题。是否可以在路内设置停车位，需要考虑以下两个方面：

首先，我们必须认识到路内空间是城市的公共资产，归全市人民所有。但是，它在功能上和路外公共停车场有所区别。路内空间必须防止少数人过度使用，避免它丧失原有的功能。比如我们许可某人合法使用路内停车位，他就可能将汽车长期停放在同一个地点，给市政设施的维护（如清扫马路等）工作带来障碍，从而影响全市人民的利益。因此，即使是有充足的使用条件，也只能授予使用者有限的使用权。这是我们在设置路内停车位时必须把握的原则。

其次，就是要看我们的路网规划是否有足够的空间供停车使用了。通常来讲，副都心既然是按照绝对公交优先的原则进行规划，那么在道路资源的供给上，一定是非常谨慎甚至是有点短缺的。如果在这样的条件下依旧有充足的路内停车位供应的话，那就是路网规划出了问题。

另外，特别需要重申的，还是应该强调公交优先。过多开放路侧停车，无疑会助长小汽车的使用，从而背离公交优先的政策。

因此，根据具体情况有条件地、尽可能少地提供路内停车位，且仅供临时性停车使用，是副都心应采取的原则。

总之，副都心的交通规划、停车规划都必须一以贯之地遵循该地区的总体规划理念，坚持公共交通优先、绿色交通优先的原则，政府在制定规则和维护秩序方面需充分发挥作用，体现土地资源的稀缺性，通过市场机制、价格杠杆和严格的秩序管理，抑制小汽车的使用和违法停车。

第三篇

包子和热狗

　　无论我们走到哪里,都需要学好中国传统文化,遵守规则,坚守道德底线,做一个真诚友善、宽容谦和、善良正直的中国人。

　　希望那些原本善良的人们可以忘记抱怨、歧视和仇恨,重拾热情和宽容的美德。

不可妥协

2017年2月9日

看到一辆出租车迎面驶来,便伸手示意要打车,眼看着就要驶过了,出租车才停了下来。上车后发现,开车的是位女司机,她解释道:"刚才在低头存老板的电话号码,差点没看到你们。"

接着,她说起了刚刚接到的那通电话。

老板在电话那头让女司机"表示表示","'他那是在向你要钱。'我上一个乘客都听出来他的意思了。"女司机说道。

正说着,女司机的电话又响了起来。女司机要开车,于是便把电话调成了免提模式,这让我可以听到他们全部的对话内容。不是我想偷听,这种情况下不听都不行。

电话的另一边是位男士,女司机先说到了刚才那通电话,对方听说老板要好处费,便在电话的另一端暧昧地笑了起来。紧接着,女司机问他给多少钱合适,对方说最多5000元。女司机当然很不情愿,因为这都是她辛辛苦苦赚来的,但是听得出,她已经准备妥协。

他们结束通话后,我问她出租车公司老板为什么要钱。女司机回答我:"都这样,全公司的司机都给了。"

"坚决不给!"我愤愤地说道。

可以看出,女司机陷入了犹豫当中。她担心如果她不"表示表示",老板会难为她。

"他向你收钱,得给出一个理由。今天你给了他,明天他还向你要钱,你怎么办?"我们这样提醒女司机。

说着说着,我们抵达了目的地,要下车了。那时候是下午三点多钟。

下车前,女司机告诉我们,因为接到了一个"心烦的电话",她要提前收车回家了。

自始至终,从女司机和她打电话咨询的那个男人口中都没有听到任何反抗的意思,听到的都是无奈和妥协。不知道他们遇到过多少类似的事情,才变得如此逆来顺受。

这又让我想起了"破窗理论":一扇被打破的窗户,如果不及时修好,人们会变本加厉地破坏它。人的尊严又何尝不是如此呢?如果没有人帮你修理好窗户,那就一定要自己尽快把它修好,坚决不可"妥协"。

"然后呢?"
——《修女艾达》观后感

2017年2月23日

一个姆姆简单地向修女艾达介绍了她的身世,并且告诉她,她的姨妈旺达是她在这个世界上唯一的亲人。

找到姨妈后,艾达便和姨妈一起踏上了寻找亲人之路。

姨妈是在"二战"中舍弃孩子,离开家庭的。现在,她成了国家的公诉人、大法官,拥有崇高的社会地位。姨妈还是一个无神论者,这在她的那个时代、那个社会里非常普遍。她酗酒、抽烟、肆意地和异性交往,在寻亲的途中,身体力行地"劝导"艾达不要"白活一场"。这听上去和今天人们常说的"活在当下"有几分相似,只是更早一点。

在不要回房产(实际上是不追究往事)的条件下,

杀害艾达亲人并占据了艾达家房产的人告诉了她们整件事情的经过和掩埋艾达家人（也包括旺达的孩子）尸体的地方。

艾达和姨妈重新安葬了亲人的尸骨，寻亲之旅就此结束。

姨妈更加抑郁，最终在巴赫的交响乐曲中飞身一跃，跳楼自尽了。

艾达发愿的日子一天天临近，而她却陷入了巨大的矛盾当中。她尝试学着姨妈的样子，喝酒、抽烟、出入娱乐场所，和偶遇的带有吉卜赛血统的萨克斯吹奏者发展了短暂的恋情。

"我们马上要去格但斯克演出，你跟我们来吗？"萨克斯小伙对艾达说。

"然后呢？"

"然后我们就结婚，生孩子。"

"然后呢？"

"然后我们就过普通人的生活。"

"然后呢？"

"……"

显然，艾达心中早已有了答案，而小伙则被一步步引导至那个方向。

这也让我想起，在一些语言中，"然后呢？"经常被用于追问。这句话看似是提出一个问题,实际上却包含着对谈话内容些许否定的意思。因为,提问者很可能已经有了问题的终极答案,而对方却对这个答案浑然不觉。

趁着萨克斯小伙还在熟睡,艾达换回了修女的服装,提上自己的手提箱,悄然而去……

世界上关于"二战"题材的影片有很多,但是关于战后人们如何修复心理创伤的影片却不多见。影片讲述的是20世纪50年代发生在波兰的一个故事。战争中,艾达的父母和姨妈的孩子都因为是犹太人而被杀害,而艾达年龄尚小,还看不出是犹太人,便被送去修道院并在那里长大成人。在那场杀戮中,杀人者同时也是拯救艾达的人。故事并没有纠结于仇恨,执拗于历史的清算,用一个小小的"交易(Deal)"便给那段不幸的历史轻轻画上了一个句号,这其中有交易,有宽恕,也有忘却。故事把目光更多地对准了活着的人的生存状态,尤其是人的精神状态,的确,和无休止地复仇下去相比,宽恕和忘却又有什么不好呢?

影片诉说着人们内心的苦闷和面对"然后呢"的迷茫。从姨妈的自杀和艾达的离去,可以看出纸醉金迷并不能回答人们内心的、精神上的问题,甚至还把一些人带上了绝路。贯穿影片始终的宗教因素,让人们看到了

"然后呢"是宗教式的、精神上的追问，或许的确如此。然而，无神论者就不需要面对"人生的目的"这样的问题了吗？

影片对拍摄技术的运用也很有特点。黑白的画面让电影有了一种特殊的、情绪化的色调，阴沉、冷峻和淡淡的忧伤。这和当下色彩越来越绚丽、画质越来越清晰的趋势背道而驰。然而，如果是为了表现形而上的东西，还有比这更恰当的方法吗？

和美国大片那种让人透不过气来的快节奏相比，这部影片在节奏上和画面构图上都给观众留出了更多的思考空间。和被导演利用快节奏牵着鼻子走相比，我更喜欢这种可以留下思考余地的节奏。

影片画面的构图也颇具风格。画面中的人物通常只在画面的一隅或者不超过整个画面三分之一的地方。超过三分之二的留白究竟是留给谁的，就成了一个悬念。从剧情来看，我想那应该是留给"无处不在"的上帝的。上帝就在那里，注视着世间万事万物。

与电影中普遍使用推拉摇移跟甩等拍摄手法不同，这部影片基本都是采用固定机位拍摄。传统、庄重、干净的拍摄手法，让观众可以静静地看，静静地想。

从《修女艾达》中，我们看到了人们对于过去的一种态度，看到了人们对未来的追问和思考，也看到了电影表现的高超艺术。

电影的最后一个镜头,是暗夜中一身修女装扮的艾达提着行李箱疾步走在一条算是笔直的乡间道路上,一辆汽车驶过,艾达没有放慢脚步,一辆摩托车迎面驶来,艾达依旧保持着自己。

艾达要去哪里?

接受规则,运用规则

2017年5月16日

　　记得曾经看过一个欧洲国家的电影《一球振江山》,内容说的是巴尔干小国马其顿的一支民间足球队的故事。这支足球队聘请了一位德国人做教练,很快就成了国内最厉害的球队。这个国家后来被纳粹德国占领,球队被要求与德国军人进行一场足球赛。最后,这支球队在比赛中战胜了侵略者的球队,让人感到扬眉吐气。

　　球队获胜的原因或许很多,但教练的话:"要是能发挥规则的妙处,就能在球场上创造奇迹。"在这场胜利中发挥了至关重要的作用。"发挥规则的妙处,好好利用规则。"是平时训练时教练员反复强调的一句话。在这场比赛的赛前动员时,这位德国籍教练又重复了这句话。显然,他深谙规则的力量,并把"利用规则"的意识传授给了他的队员，使之融入了每个队员的血液里，正是凭着这种意识，他们最终战胜了对手。

无独有偶，前不久在巴西里约奥运会上，美国教练凭借对规则的理解和坚持，硬是为他们的女子 4×100 米接力队争取到了一个复赛的机会。就是因为这个机会，她们最终登上了奥运冠军的领奖台。

前两天和一位来自美国的朋友聊天，他说到了国内某著名球员在美国的经历。他刚到美国参加职业比赛时，比赛中经常会被美国球员碰撞。每当这时，他总是会用诧异的眼神望向裁判，那神情分明是在问：你怎么不吹（判罚的意思）啊？之后，他就开始了"报复"行动。可是，每次他一冲撞对方球员，裁判员的判罚哨声就会立刻响起。

"为什么？"这位球员百思不得其解。

后来，他慢慢明白了，对方球员的那些动作叫作合理冲撞，是规则允许范围内的行为，而他刻意的动作，则属于犯规了。没有真正掌握规则，是这一系列问题的根源。明白了这一点，这位球员调整了动作，犯规自然也就少了。

这位美国朋友还说到，美国的体育比赛中经常会出现"流血"场面，可让人吃惊的是，流血后双方并不会大打出手，而是站起身来继续投入比赛。因为在他们看来，对方是否有错是由裁判说了算，在此之前，必须遵守规则。

上面的事例都是我们在体育比赛中看到的，在日常生活中，类似的事情也屡见不鲜。其中一个事例，就是自加入世界贸易组织（WTO），中国利用WTO的规则，在短短的十几年时间里，一举跨入了世界经济大国的行列。

由此不难发现，规则是一个好东西，对所有的人都是公平的。我们还可以发现，社会越是讲规则，人们越是遵守规则，经济发展就越健康，人民的生活就越幸福，社会就越和谐稳定。

正如大家越来越不愿意开车通过一个没有红绿灯的十字路口那样，人们更愿意在约定好的规则下，从容不迫地按照规则安全有序地通过路口。现在，大家正在摸索构建各种规则，我们的社会也正向着有序方向迈进。

不过，当下仍然有许多人试图让自己生活在规则之外，遇到问题，首先想到的是如何逃脱规则的限制，让规则成为约束他人的工具。更有甚者，还肆无忌惮地破坏规则。比方说，乘坐火车时，总有人不屑于规则，强行占取他人的座位；开车时，总有人把安全带视为多余的约束，把红绿灯视为行车的障碍；当受到执法人员的管束时，还要暴力反抗。凡此种种，既和这些人对规则的认识有关，更和社会对公民关于遵守规则的教育有关。

长期以来，一些人把规则视为洪水猛兽，认识不到自由其实要在规则的约束下才能得以实现。无视规则的行为不是自由，恰恰是对自由的践踏。明白这个道理的人越多，遵守规则的人才会越多，社会秩序才会越好。

利用规则，不是机会主义的投机取巧，而是接受规则，遵守规则，利用规则来争取自由，利用规则更好地发展自己。

温馨的晚餐

2017年6月10日

手机突然震动了一下,拿起来一看,是航班取消的消息。原来,今晚上海预计有大暴雨,而且可能会伴有雷电。

看到这条短信后,我立即跟会议主办方有关人员联系,请他们帮忙取消晚上飞回北京的航班,购买高铁车票。对方马上回复:"晚上七点的高铁如何?"这显然是综合考虑了下午的会议和末班高铁的结果。二话不说,我就接受了下来。

不一会儿,一个自称出租车司机的人打电话过来,和我相约5:30去虹桥枢纽,我想了一下,觉得适当提前一点更加稳妥,便把时间定在了5:15。

尽管会议尚未结束,出发的时候到了,我起身准备离去。此时，郭院长也问我是否可以一起走，在我看来当然没有问题。我们稍微等了一下关秘书长，试图带他一同前往车站。得知他还要回一趟酒店，我们便先行乘坐出租车出发了。

大雨如期而至，大雨中，上海的道路显得格外拥堵，汽车十多分钟只走出了三个信号灯的距离。同行的郭院长也在翻动手机，查看前方的道路情况。情况很不乐观，按照手机的信息来看，赶到虹桥火车站，时间会非常紧张，而且前方道路上充满了变数。

急中生智，我们要求驾驶员将车停在四平路上地铁10号线的一个入口附近。很快，我们便登上了开往虹桥枢纽的地铁10号线，这样至少可以确保比火车发车早十几分钟抵达火车站。

过了几站后，郭院长的手机响了起来，是关秘书长打来的。他在电话的那一端声称已经抵达了虹桥火车站。

太神奇了！我们刚才甚至以为他肯定要误了火车呢。

挂了电话后，地铁列车继续前行，我们相约和关秘书长在火车站会合。不一会儿，郭院长的手机再次响了起来，又是关秘书长打过来的，这次他是询问郭院长是否和我在一起，郭院长回答说"是"。原来，关秘书长在电话那边正准备购买晚餐，他想确认是否需要为我也购买一份。听到这些，心头一股暖流涌动。

"关秘书长太好了。"我由衷地说道。

抵达虹桥火车站的乘车口后,关秘书长从远处脚步匆匆地走了过来,他一只手推着行李箱,另外一只手里拿着三个打包好的食物塑料袋。

脚步匆匆地进入车厢,安放好行李后,列车便徐徐开动了。从容当中,我打开从关秘书长那里接过来的快餐盒饭,里面有糖醋排骨、炒肉片、炒豆角和米饭,此时还冒着香喷喷的热气。我一边欣赏着列车窗外的夜景,一边慢慢地享用起了这美味的晚餐。

一段脚步匆匆的旅行,一顿温馨难忘的晚餐。

一碗早餐面

2017年6月16日

每逢早上开会,我总喜欢早一点出发,宁可在会场附近吃早餐。这样能避开京城早高峰路上的拥堵,节省许多路上的时间,然后利用这些时间来读书或者休息。

今天依旧如此,早早就到了会场。第一次在这个会场开会,不清楚周边究竟哪里有早餐,于是便沿着街道寻找。

快到街口的地方,有一家兰州拉面馆正在供应早点,这差不多是附近目光所及范围内唯一供应早餐的餐厅,于是便走了进去。

前面有四个年轻人在点餐,我站在他们的身后。这时,一个小伙子趋近柜台,突然意识到了什么,试探着回头问了我一声。我表明我是在排队,小伙子便规规矩矩地走到我身后，耐心地等待着。

很快便轮到我点餐了，我看了一眼墙上的菜单，点了一份早餐面，就拿着订餐小票到取餐窗口等餐。

紧接着，刚才在我身后的小伙也向窗口里面的工作人员递上小票，又走到了我身后，说："我只要记住在你身后就行了。"

我对小伙的话报以微笑。

小伙子还对工作人员说："给我一个鸡蛋，也给他一个。"小伙指着我说。然后，小伙子对我说："这里早餐面赠送鸡蛋，你不知道。"

小伙从我的举止断定我是第一次在这里就餐，他的判断是准确的。在服务员没有提示的情况下，我当然不知道还有"赠送一个鸡蛋"的好事。

服务员拿了两个鸡蛋，放在一个小碗里。显然，她误认为我和那个小伙是一起的了。小伙拿了一个鸡蛋离开了，我也拿了一个。

就在这时候，我们的面出锅了。我前面那四个小伙取走了他们的面之后，我自然排到了窗前。就在这时，一个看起来有六十多岁的男子抢着把一个餐盘推到了我前面。见此情景，我对他说："该我了。"男子则气哼哼地说："我排在你前面。"

短暂的接触，就可以看出一个人的格调，和这样的人有什么好争的呢？我看了他一眼说："那你先吧。"

这时，有趣的事情发生了。窗口里面的服务员端着一碗面向我问道："要辣子吗？"显然，他不仅记得我们排队的顺序，而且正试图用这种方式提醒那人不要插队。

"要。"我回答道。

窗口里面的服务员便把一碗添了辣椒油的面条递给我。紧接着，他又开始为我身后的那个小伙服务。

鸡蛋是早上刚刚煮好的，还烫手。那碗漂满了红红辣椒油的面散发着牛肉香气，翻动了一下面条，下面果真藏着几块牛肉。

"哧溜"，吃了一口。嗯，味道真不错。

"小人无错，君子常过"

2017年8月29日

前几天在网上看到一个帖子，题目是"小人无错，君子常过"，大意是君子总是反躬自问，小人永远在诿卸责任。如此说来，中华文化中的"君子"和西方的"知识分子"在主动承担社会责任时"先天下之忧而忧，后天下之乐而乐"和在自我提升时"见贤而思齐，见不贤而内自省"并没有什么不同。无论如何，鼓吹功德和开脱责任都不是知识分子和君子的作为。

然而，总为自己开脱很可能是"小人"的行为，总是振振有词地替他人开脱就是"君子"的行为了吗？如果是范仲淹和"铁肩担道义"的李大钊听到了那些开脱者的辞藻，会如何看待他们呢？

"不务正业"和"刷存在感"

2017年8月29日

网上流传着一段视频,内容是一位大学生模样的年轻人在电视节目中列举了一些"事实",试图证明易中天先生"不务正业",屡登央视是为了"刷存在感"。青年的质问一出,立即引来了非议。一位女生当场用他的逻辑反驳了他的问题。

说实在的,当听到这位年轻人的问题时,我非常震惊:"他怎么会如此想问题?!"作为一个有一点阅历的人,这段视频让我浮想联翩。

首先,还是应该肯定这位同学的批判精神和大胆说出想法的勇气,毕竟,这不是每个年轻人都能做到的。

我们的任何行为都必须遵从道德的约束,超出了道德的底线,无论出发点是多么美好,都会给社会、给个人带来灾难。几千年来，我们一直传承"尊贤敬老"的优良传统，即使我们对长者有某种意见，但也必须以恭敬的态度，用恰当的语言来表达自己的意思。否则，就会被视为违背了社会的基本道德。在这一点上，这位年轻人显然做得不够好。

其次，让我不安的是，为什么本应朝气蓬勃、与人友善的年轻人会如此刻薄、充满了挑衅呢？而且，他质疑的不是学术证据，不是学术观点，而是易中天本人的学术动机和品德。我毫不怀疑，一个学术观点通常不会得到所有的人的认同，大家完全可以针对那些观点进行争论，为什么一定要绕开学术本身去质疑他人的动机呢？而且质疑的理由是"不务正业"和"刷存在感"，实在荒诞可笑。对此，我已在拙作《路上的沉思》中的《为什么有些人喜欢进行人身攻击？》中进行过粗浅的分析。这种做法考验的其实是质疑者的道德水平。

质疑一个人"不务正业"，看起来似乎是有些道理。只是，不知道质疑者想过没有：什么是一个人的"正业"？谁规定了某人的"正业"一定是什么呢？爱因斯坦不能拉小提琴吗？达·芬奇是不能作画或是不能从事科学研究吗？他们这样做了，就有什么不良的企图吗？

从那个同学身上，我看到了教育的问题。批判性思维和挑战的勇气对于社会的进步是必要的，但是，如果失去了道德和学术规范的约束，滥用批判权利，就容易让小人钻了空子，将会给社会制造混乱。孔子说："不学礼，无以立。"无论我们走到哪里，都需要学好中国传统文化，坚守道德底线，做一个真诚友善、宽容谦和、善良正直的中国人。

交通事故遭遇记

2017年9月3日

我乘坐的公交车没走多远,就遇到了交通事故。

这辆公交车在正常直行,一辆要掉头的小汽车头部和公交车的尾部发生了剐蹭。依我来看,这是小汽车的全责无疑。

事故一发生,大家都走不了了,本就繁忙的路段和路口立即形成了严重的交通拥堵。公交车司乘人员立即下车查看,并且很快返回车上询问是否有人受伤,没有人声称自己"可能受伤"了。在我看来,公交车司乘人员这样的处置步骤非常专业、恰当合理。

公交车一停下,车上的一位老年男子立即把头探出窗外,对着那辆小汽车的司机破口大骂。听到骂声,那辆小汽车里的一位女士便"回敬"了几句。大概是女士的话语中透露出了外地口音,这边老年男子骂人的话又进一步提高了音量,同时扩大了人身攻击的范围。

眼看公交车一时无法开走,我们便刷卡下车,试图寻找其他方式离开。

下了车我才看清楚,肇事的小汽车是一辆黑色旧款某品牌的轿车。这种轿车流行于改革开放初期,一位大约五十多岁的男子坐在驾驶位置上,正准备下车查看情况,而和公交车上的老人对骂的女子应该是他的妻子。双方车辆受损情况非常轻微,估计不会有人受伤。

离开现场,我就在想,为什么会发生这样的交通事故?

首先,我排除了小汽车司机故意撞向公交车的可能性,因为正常人都不会愚蠢到那个地步。因此,原因只能归结为小汽车司机犯了这样几种错误:

第一,判断错误。他可能想尽量给自己的车道多让出一点空间,方便后面的车辆从他的右侧通过。这样便需要让自己的汽车更多地进入对向车道。同时,他错误地判断了自己的车头和对向来车(公交车)之间的距离。

第二,操作错误。没有很好地控制车速,没有及时停下汽车。

第三,车况不好。因为汽车过于老旧,制动系统可能没有得到很好的维护,工作不太正常。

毫无疑问，小汽车的驾驶员错了，他应该为此付出代价。包括我在内，公交车上的乘客都受到了一定程度的损失，相对而言是"得理"的一方。但是，那就可以得理不饶人吗？就可以毫无道德底线地谩骂对方，把别人的失误上升到道德层面吗？小汽车一方的过错不可以通过交通法规来处罚吗？显然，这样的冲突同时考验了过错一方和受害一方的道德水平。

我曾经遇到过另外一起交通事故，对方在禁止左转的路口左转，而且是酒后驾车，我的车辆也受损严重。肇事者在接受交警处罚时，他的妻子不停地向我们赔礼道歉。那时我对她说："你回到你先生那里去吧，此时他比我们更需要你。"对方听到后说："我都不知道说什么好了。"这件事后来得到了妥善处理。

人在得理时，也要懂得让人。伟大的拳手在击倒对方后，也会伸手将其从地上拉起来。如果没有各方道德上的默契，我们的社会将到处都是抱怨和骂声，将变成一个冷冰冰的社会。

希望那些原本善良的人们可以忘记抱怨、歧视和仇恨，重拾热情和宽容的美德。

包子和热狗

2017年9月7日

一次,在一家快餐店吃饭,发现那里的包子还不错,经济实惠,吃完饭之后,便又买了几个带走。前不久,在那家快餐店隔壁吃饭,想起了上次包子的事情,于是又在这家快餐店买了几个包子带回了家。

到家后突然发现,包子的外形还是从前那样,大大的、胖胖的。但吃起来,说是茄子馅的,似乎就只有茄子,说是白菜馅的,似乎就只有白菜,说是韭菜馅的,似乎就只有韭菜,商家也算是实话实说了,可就是感觉吃起来清汤寡水的,蛮不是那么回事。也不知道是自己对那些包子的记忆出了问题,还是面前的这些包子确实有了变化,一时有点说不清楚。

望着眼前的这些包子,我想到了西方人爱吃的"热狗""三明治"和"比萨"。和包子相比，这些美食都有一个共同的特点，就是它们的"馅"都是露在外面的，顾客在购买时可以对"馅"的内容一目了然，对所付出的费用和可能得到的商品的质量有一个比较客观的判断。而我们的包子馅被包子皮严严实实地包裹在里面，人们买包子的时候只能凭借想象和经验估计它的品质和口味，至于包子馅的好坏就全凭商家的良心了。

包子和热狗让人们想到一个问题：单纯从经营的角度来讲，如果"馅"有露在外面和被包在里面两种选择的话，让"馅"露着更好，还是把"馅"包起来更好呢？

不同的人有不同的答案。

我们当然不能说包子和热狗的区别是源于经营上的不同动机，但是它的确影响了消费者对食物的信心。记得有一次我到长城去游玩，午餐时，我们毫不犹豫地走进了一家西式快餐店，因为我们知道大概的消费成本和可能得到的食品质量。那天，我稍微观察了一下，我们去的这家西式快餐店人头攒动、座无虚席，而相邻的那些装修很好的中餐馆却是冷冷清清、门可罗雀。看来大家和我们的心理差不多。

包子的馅不能露在外面，对经营者来说也是一种考验。为了表现诚意，经营者完全可以把操作间做成透明的，将包子的制作过程公之于众，让人们一目了然。这样既满足了食客的好奇心，商家也能接受监督和建议。现在，越来越多售卖带馅食品的商家开始采用这种做法，提振了不少消费者的信心。

  包子，从不透明到商家主动将其透明化，不能不说是一个进步，是商家对自身认识第一次提升，是对未来的长远投资。这实际上也说明我们正在经历一场文化自省。人们很早就明白了"恒心"和财富的关系，塑造国民的"恒心"是社会必须完成的任务。

  电视剧《大宅门》里出现过一副对联：修合无人见，存心有天知。如何让更多人认识到"天"的存在，并对其心存敬畏，则是又一项长期艰巨的任务。

站在"智能革命"对面的山上遥望

2017 年 9 月 14 日

一口气把李彦宏的著作《智能革命》通读了一遍,作者通过此书把一幅智能革命的宏图展现了出来。我在为他展示出的知识和思想感佩的同时,也为他在短短十多年时间,就打造了一个如此庞大的"人工智能"帝国而感叹。我深信,在那个帝国里,人们一定会感到骄傲和自豪。这些骄傲来自属于他们自己的、领先世界的科技。

《智能革命》为我们描绘了人工智能的美好前景,书中提到的许多人工智能支撑下的科技产品,正在变成生活中的现实。我想,如果倒退若干年,读到这些文字,我一定会心潮澎湃,被深深吸引和鼓舞。正如书的最后一章"美丽新世界严肃新问题"中所说的那样,我相信一定会有人对人工智能的发展提出诸如"价值理性""工具理性"之类严肃的质疑。这些人犹如站在"智能革命"对面的山峰，远远地眺望着它，思索着它。

在哲学领域，人们对价值理性和工具理性的关系已经有了比较充分的议论。在这个基础上，思考带有浓厚工具色彩的人工智能问题时，人们从价值理性的角度对其持怀疑态度就再正常不过了。

应该说，人类的一切努力都是为了一个目的——自由，或者说获得更大的自由。而自由，有时来自技术，例如有了汽车，人类可以走得更快、更远；有时来自精神，比方说来自宗教的"觉悟"。在价值理性和工具理性关系的讨论中，人们普遍认为，"价值理性是工具理性的精神动力，工具理性是价值理性的现实支撑，价值理性和工具理性统一于人类的社会实践。"这段充满了辩证逻辑的结论，让我们看到了"人工智能"除去"工具理性"之外的"价值理性"，也给了我们一次重新思考"智能革命"的机会。

在这里，我首先想到的是犬儒派哲学家第欧根尼，他的生活哲学和实践让世人瞩目。当亚历山大大帝探访看上去像乞丐一样的第欧根尼，询问他需要什么，并保证会兑现他的愿望时，第欧根尼的回答是："我希望你闪到一边去，不要遮住我的阳光。"对此，亚历山大大帝感叹道："我若不是亚历山大，我愿是第欧根尼。"

人们在第欧根尼的碑文中这样写道："时间甚至会使青铜老去,但你的荣耀,第欧根尼,永远无法摧毁。"

在被认为是当今最发达国家的美国,生活着一群称为阿米什人(Amish)的族群。他们那里没有汽车、没有电话,甚至连电都没有。他们用自己的信念,顽强地抗拒着被我们称为"现代文明"的技术文明。

接着,我又想到了中国历史上的"名士",如果翻开《故人风清——文化名人的背影》一书,我们会看到许许多多生活在那些时代的名士。他们对待生活的态度,对价值的认识和追求,让我们对生活的意义有了一些不同于单纯追求物质的理解。仿佛是因为时代送走了名士,人们才开始了对物质的无限追求。

读着《智能革命》,我就在想,如果人工智能替我们做好了一切,第欧根尼会去做什么?那些"名士"会去做什么?我们会去做什么?

汽车尾气"超标"记

2017 年 9 月 16 日

当接到寄自北京市某区环保局的邮件时还有点纳闷,打开一看吃了一惊,里面竟然是《北京市××区环境保护局机动车排放检测超标告知书》,告知书中指名道姓地说我名下的汽车在该区的某处经检测,污染物排放超过北京市的限值,根据相关办法,我需要到该区接受处罚,否则将……语气可谓严肃。信的末尾,还盖有一个鲜红的印章。

看到信的内容,感觉有些蹊跷。不对吧?我的机动车车检合格有效期到 2018 年 8 月,而且汽车才行驶了五万多公里,怎么可能?!

沿着信继续读下去,信中写道:"机动车所有人如对此检测结果有疑义(应该是'异议'),……"

我当然有异议！于是便驱车前往该信中指定的一个检测场检测。

去检测场的路上我就在想，显然，我处于完全弱势的地位。按照信中所说，如果我的车辆检测合格，则检测免费，否则，我不仅要缴纳检测费用，还需要接受处罚。这样的情况下，检测场会如何行事呢？

抱着忐忑不安的心情到了检测场，工作人员的表情冷过冬日。按照他们的指示，缴费、登记、检测。费了半天的周折，车辆检测完毕，我回到窗口去取检测报告。

窗口里面的工作人员让我再回到检测地点，取回那个黄单子，说是我的车辆检测合格，准备给我退钱。听到这句话，我心里安静了下来，这说明我被那个遥感的检测装置摆了一次乌龙，我的车没有问题！

我又回到检测工位，找工作人员索要黄单，工作人员一脸诧异，声称黄单已经被收走了。待我说明原委，他悻悻地从一沓单子中找出了我的那张。拿到单子，我又回到缴费处，工作人员这才退回了检测费。然后，我又回到窗口领取检测报告，被收取了四元钱，说是"复印费"。

接下来，我还需要做的事情，就是要么"将合格的检测报告送达我局"（不知道他是想要合格的检测报告，还是想要能证明我的车排放合格的检测报告），要么把检测报告用传真机发送给那个指定的电话号码。

不知道还有多少车（人）和我一样，被这样的乌龙弄得劳神费力，也给检测机构带来了不少的麻烦。真是无语。

西苑饭店即景

2017年9月28日

（一）报到

停好汽车后，稍微迟疑了一下，"会议接待处在哪里？"

"还是先到大堂问一下吧。"我在心里自问自答。

于是，便拿着行李走进了酒店的大堂，正要向酒店的工作人员询问会议的报到处在哪里时，只见大堂的一隅有一个人在向我招手。显然，对方认出了我。说实话，我的确不认识对方。

在对方的指引下，我领取了会议资料，办理了酒店的入住手续。

（二）别具匠心的观光电梯

电梯一离开地面，身后便透出了亮光。随着照明灯光一明一暗地闪烁，北京市渐渐地向我的脚下退去。观光电梯的设计真是别具匠心。

还没来得及欣赏夜幕下北京的街景，电梯已经停了下来，观光电梯匆匆忙忙地完成了此次任务。

（三）窗外的夜幕

酒店房间的设计也很特别，原本四四方方的房间，有一个角被"裁掉"了，这样便可以安装一个面积更大的窗户。我猜，酒店的每个房间都是如此，住客可以更好地透过这样的窗户看到窗外的景物。窗前还很贴心地设置了一个小小的护栏，使人们可以"凭栏"眺望，既增加了安全感，同时也给房间添了一些温馨的气氛。

站在酒店十八层房间的窗前，可以安安静静地欣赏北京的夜景了。

酒店被无数的高楼包围，高楼的窗户透出了璀璨的灯光。透过高楼的缝隙，可以看见远处的灯笼造型的中央电视塔。由灯光装饰的电视塔轮廓分明，红色的灯光明暗交替，犹如熟睡的婴儿在呼吸一般，均匀、安静。

酒店楼下，一处餐饮店的霓虹灯格外耀眼。最明亮的地方是脚下的道路，把酒店和对面的动物园分隔开来。道路上穿行着呼啸而过的汽车，街道上分明有了一点冬日的味道。

（四）清晨的阳光

一觉醒来，发现光亮从窗帘的四周钻了进来。

拉开窗帘，眼前那些高楼已被装点上金灿灿的阳光，一切都变得清晰十足，就连高楼背后的西山也历历在目。

北京，迎来了难得的晴日。

AlphaGo Zero 给我们的启示

2017 年 10 月 28 日

继 AlphaGo 相继大胜人类围棋大师之后,《自然》杂志报道,最新版本的 AlphaGo Zero 在游戏中表现得更好,学得更快,需要更少的计算硬件。与原版不同的是,AlphaGo Zero 在没有向人类专家求助的情况下,成功地完成了自学,它与 AlphaGo Master(AlphaGo 的其中一个版本,曾击败棋手李世石)的对战结果是 100∶0!

AlphaGo Zero 告诉了我们些什么?

思考这个问题之前,需要了解一下 AlphaGo Zero 的工作原理。李彦宏在《智能革命》中描述 AlphaGo 的工作原理大致为:深度学习、认识局面、分析胜率、用蒙特卡洛树搜索(Monte Carlo Tree Search)。美国脸书公司"黑暗森林"围棋软件的开发者田渊栋在一篇文章中更为详细地介绍了AlphaGo的构成：一是策略网络（Policy Network），给定当前局面，预测并采样下一步走棋；二是快速走子（Fast Rollout），目标和策略网络一样，但在适当牺牲走棋质量的条件下，速度是策略网络的一千倍；三是价值网络（Value Network），给定当前局面，估计是白的胜概率大还是黑的胜概率大；四是蒙特卡洛树搜索（Monte Carlo Tree Search），把以上三个部分联系起来，形成一个完整的系统。

从AlphaGo的工作原理来看，AlphaGo系统的胜利源于学习，即学习、总结并记住以往的经验。有意思的是，AlphaGo除了能通过概率判断价值外，还具有判断"牺牲"价值的能力。

AlphaGo完全不受人类常有的对抗意识的束缚，只是根据"经验"和对价值的判断走自己的路，而不是锱铢必较，步步紧逼。由此，我们似乎可以理解那些人类围棋大师在和AlphaGo对阵时惶惑不解的心情了。同时我们也容易想到，人类是不是也可以向AlphaGo学习这种态度和策略呢？

到目前为止，AlphaGo都算得上是成功的。恐怕再也没有人怀疑机器"博闻强记"的学习能力了。这种成功彻底挑战了人类的工具理性，也在很大程度上回答了人们关于工具理性能走多深、多远的问题。这种工具理性，稍加扩展或许也有望应用到诸如城市规划、交通规划及其他需要工具理性的领域。

不过，除了学习能力之外，AlphaGo是否具有创造能力还有待观察。这里所说的创造能力，是指它能超越"经验"的能力。人们不妨开发一个名为"AlphaGo Child"的系统，仅用低段位选手的经验、案例训练它，看看由此训练出来的"AlphaGo Child"是否能最终击败人类围棋大师。

AlphaGo及今后人类开发的人工智能通过学习非数值化材料（例如小说、诗歌）将如何获取其中的知识并判断其价值？它们的价值理性程度能达到多高？我们拭目以待。

AlphaGo，好样的！

留不下的落叶，留不下的乡愁

2017年11月17日

　　夜里的一场大风，把秋叶吹落到了地上，大地铺上了一层密实的金黄。脚踩在落叶上，会发出沙沙的声响，汽车驶过，落叶便随风飞扬。好一派秋天的景象！

　　寒风中，我停好汽车，信步向自己的办公楼走去。路上，一位清洁工人正在用一把大大的扫帚清扫地面。"哗，哗……"随着扫帚一次次起落，落叶被集中到了一起，原本被落叶铺满的地面又露出了它本来的面目。

　　翻飞的落叶，勾起了我童年的记忆。记得小时候，我和小伙伴们经常会在这个季节捡拾地上的落叶，然后比试谁的叶子茎部更加结实，我们把这叫作"干宝盖儿"。有时候还会跑到乡下，去摘树上的柿子、路边的酸枣、地里的庄稼，当然，这一切都是悄悄地进行。

城市化，让千千万万的人离开了祖祖辈辈耕作的土地，成了城市街道上行色匆匆的过客。时间久了，人们便渐渐失去了对乡土的记忆，淡忘了乡愁。而那些从小生长在城里的人，就更不知什么叫作乡愁。

"城里不知季节变换，妈妈又再寄来包裹，送来寒衣御严冬，……"在中国家喻户晓的日本歌曲《北国之春》中的歌词，唱得就是那些"城里人"的惆怅、对故乡的记忆、对故乡的思念。不同国度里的人，却有着相同的惆怅。

想想看，生长在城里的人，也应该有属于他们的童年记忆，也应该有属于他们的关于大自然和四季的记忆。

如果问问城里的孩子们，你们的秋天在哪里，他们会如何作答？

是在那云淡天高的晴空里？还是在那五彩缤纷的枝叶上？是在那喧嚣热闹的集市果摊上？还是在铺满了金色落叶的大地上？是在每天都不得不面对的书本里？还是在须臾不愿意放下的手机里？

人们身边的秋天，已经从天空飞降到了枝头，再从树上飘落到了地上。这一切能否悄无声息地沉淀到孩子们的心底，成为他们的"乡愁"？一个人心灵，正是需要随着自然的运行、四季的变换和自由的玩乐得以丰盈。

环顾一下我们的四周，高楼、道路、汽车、电脑、手机充斥着我们的生活空间,孩子们没有我们童年的那些玩乐时间。"门铃之声相闻,老死不相往来"已经成为今天城里人生活和心灵的写照。

"浩荡离愁白日斜,吟鞭东指即天涯。落红不是无情物,化作春泥更护花。"秋叶,能成为守护城里人心里那片"乡愁"的"有情物"吗?

"留下一点落叶吧!"我心中暗自对着那把舞动的大扫帚说。

请给城里人留下一点乡愁。

写在去济南的高铁上

2017 年 12 月 8 日

我知道这个世界我无处容身,只是,你凭什么审判我的灵魂?

——加缪

(一)相约车站

早上 8:00 点,刚要出门,我的手机响了起来,是一条短信。

"关老师,我已经到了。"

我和 W 相约 8:30 在车站碰头。可是,此时我还没有出家门。

按照既定的节奏下楼、开车、停车、换乘地铁,终于在预定的时间到达了车站。在车站和 W 会合,在他的文件上签字后握别。

(二）账号失而复得

高铁购票总是困扰着我，经常为了购票，不得不求助于他人。因为，我很早就在 12306 网站上注册了自己的账号，但是有一段时间没有使用，不要说忘记了账号的密码，就连账号名都记不起来了。曾经打过电话咨询，工作人员告诉我必须凭身份证到某一个车站才能办理相关确认的手续。今天提前出发，就是为了能有时间处理一下此事。

在火车站的窗口，很快便查询到了相关信息，用手机拍下了账号信息，剩下的事情，就是我自己去找回密码了。

进入了网络时代，可以或者需要通过网络办理的事情越来越多了。随之而来的烦恼就是必须记住所有的账号和密码。也不知道是否有一个一劳永逸的办法能消除这个烦恼。

(三）咖啡店里的对话

时间还早，就走进了车站里的一家咖啡店。
今天店里的空气还好，而且温度宜人。
"我要一杯美式咖啡，小杯。"说着，我递上了我的积分卡。

"是要这种吗?"服务员拿起一个杯子向我示意。

"是的。"

服务员熟练地刷卡,操纵收银机,然后报出了价格。

"有什么优惠吗?"

"有一张免费券,但是您只要一个小杯咖啡,不划算。"服务员微笑着向我解释道,脸上现出两个小酒窝。

(四)《异乡人》

前几天,走进一家西西弗书店,在书架上看到了一本名为《异乡人》的书,拿起来一看,作者是加缪(Albert Camus),便毫不犹豫地买了下来。

加缪这个名字在哲学著作中多次读到,但我从来没有读过他的著作。加缪曾获得诺贝尔文学奖,但他拒绝接受。因为在他看来,接受了诺贝尔奖,便等于承认了诺贝尔奖的价值标准,而他拒绝接受别人强加给他的任何东西。他甚至对媒体说:"我要认真告诉你们一件事:上帝死了!"这是继尼采之后,又一位宣判上帝死刑的哲学家。

他反抗他所处的那个社会,反抗他所处的那个时代。他从西方世界(法国)来到实行社会主义制度的苏联和中国,这在冷战时期是一件非常特别的事情。从某种意义上来说，他和犬儒主义的哲学家有着相似的地方。

从第欧根尼到加缪，再到特朗普"出人意料"地当选美国总统，人们不难看出，人类的反抗（换言之试图改变现状的努力）无处不在。这说明了什么？

从追求自由的本能出发，总是会有人从某些方面批判自己所处时代，无论那个时代里人们在社会中自由的程度如何。追求自由的人们反抗的并非某一个特定的社会制度，因为人类所创造的社会总有不尽如人意的地方。因此，如果说某个社会制度下没有反抗，那就意味着它已经满足了人类对自由的全部追求，那将是人类最终的理想社会。

出门时，顺手带上了《异乡人》。

（五）被打断的旅程

抵达检票口时，该上车的人都已经上车，没有人在排队了。

在靠近车窗的自己的座位坐了下来，款款地准备迎接一个多小时的旅程。

我喜欢一个人旅行，那是我最感觉安静的时候。我可以随意地翻开我随身携带的书籍，阅读一段时间后，抬起头向车窗外望去。漫无目的地眺望窗外，任凭自己的思绪飞扬。用不着和身边的人说话，也用不着担心被身边的人打扰。

翻开《异乡人》，静静地读了起来。

"我知道这个世界我无处容身，只是，你凭什么审判我的灵魂？"书的封面这样写道。"烟不离手、笑看人世、洞悉人性、拥抱荒谬……"，小说的扉页上是这样介绍加缪的。寥寥数语，加缪的外表和其精神世界便被勾勒了出来。这些描述，和加缪拒绝领取诺贝尔奖及宣称"上帝死了"是那样契合。

阅读不时被电话打断。

"关老师，我是……，我们有一个项目需要评审，不知道您是否有时间？"

就这样，一路上接到了四个这一类的邀请电话，在此之外，也有四个这样的邀请被我谢绝。

那些瞬间成了永恒
——哭黄帅

2017年12月11日

（一）噩耗

"黄帅走了，就在昨天。"妻子从厨房探出半个身子对我说，好像她猛然想起似的。显然，她也是刚刚听说的。

"哦！"我惊讶了半天。

黄帅，是我们共同的朋友。妻子和黄帅的友谊，是因为她和黄帅在民主党派的工作关系。而我和黄帅的友谊，则源于一次偶然的交往。

前些日子就听妻子说过，黄帅得了很重的病，至于是什么病不得而知。从那时到现在，已经过去有一年多的时间了。

黄帅就这样走了？

可是，我还没有来得及将拙作《路上的沉思》附上亲笔签名后送给她，我还期待着她能"回心转意"为我后面的文集作序。因此，黄帅的匆匆离去，给我留下了一个永久的遗憾。

黄帅就这样走了，带着微微扭动的身体和款款而行的背影，带着那顶四季变换的小帽子，带着那永远挂在脸上的甜美微笑，永远地离开了我们。

和她平日不紧不慢的性格相比，这一次她走得匆忙了许多。不过，和每一次一样，这一次也不是她的错。

（二）无意间的走近

1999 年，从日本回国时，需要在教育部办理相关手续。一位年迈的工作人员听到我说落脚的单位是北京工业大学时，她特意提到了黄帅，还告诉我说，黄帅也是从日本回来后在这所学校工作。她能在那么多留学归国人员中记得黄帅，说明了黄帅的特别。就这样，我和黄帅成了同一学校的同事。不过，我从来没有把这件事放在心上。

虽然说我和黄帅在同一所学校工作，但是，平时行事低调的黄帅老师极少抛头露面，也从来没有听到过关于她的传闻，更与她没有一面之识的机会。直到有一天，黄帅自己闯入了我的视线。

（三）初识黄帅

一天，我邀请了一位日本学者来学校讲学。讲座开始前，我看到前排座位上坐着一位陌生女子，只见她面带微笑，安静文雅。各种信息表明，她不是来听讲的学生。作为主持人，自然少不了趋前自我介绍一下，当然也是为了认识一下这位陌生人。

听了我的自我介绍，女子莞尔一笑，自我介绍道："我姓黄。"

"黄帅？"我也不知道怎么就会立即猜到是她，而且是脱口而出。大概是那一瞬间心有灵犀吧。

"是——"这一声"是"的尾音拉得很长，表情是她那不变的微笑。显然，对方知道我这样肯定地报出她名字的缘由。我们这个年龄的人，没有不知道黄帅这个名字的。我猜，她是被我的学术讲座的海报吸引而来，或许是为了"温习"一下那忘不掉的日语吧。

也就从那次起，只要我邀请日本学者来访举办讲座，我都会通知黄帅。她只要有时间，也都会出席。尽管我们的"专业"相去万里。

（四）获赠《黄帅心语》

就从那时起，我们彼此相识。但是，交往也仅限于会场的交谈或者路上的偶遇。虽然我们没有过很深入的交谈，但是仿佛彼此心有戚戚焉。一次路遇黄帅，她约我去她的办公室一坐。因为我们的办公室就在楼上楼下，便如约造访了她的办公室。

到了那里，她先让我在纸上写下自己的姓名。然后拿出了一本她写的《黄帅心语》，在扉页上照着我写下的姓名，写下了几个挺拔、娟秀、洒脱的大字（图一）。

图一　获赠《黄帅心语》扉页上的黄帅签名

显然，她是为了防止写错姓名，细致周到可见一斑。获赠黄帅的大作，实在是喜出望外，倍感荣幸。

"这是一本很女性的书，可能不对你的胃口。"

交谈中得知，黄帅在日本留学时的专业是文学，这让我颇感意外，后来一想，也在情理之中。依我对她的了解,她似乎更应该从文。

席间,我还提到了"文革"时期的那段往事,她告诉我,这些在她的书中有提到。关于那段往事的对话就到此戛然而止。

(五)微信里的最后记录

听到黄帅去世的消息,赶忙打开手机,寻找起和她的通信记录。遗憾的是,里面的很多对话、照片都已经被删除,下面是这些对话中的一部分。那是我的第一本随笔集《路上的沉思》正在编辑、准备出版的时候,需要有一个序。由于读过黄帅优美的文字,我第一个想到的就是她,希望她能为拙作作序。

2016 年 8 月 18 日 14:57:56

"黄老师好!在吗?"

2016 年 8 月 18 日 15:17:06

"黄老师好!事情是这样的。在同事们的鼓励下,我想把平时写下的一些小文整理成集出版。非常希望您能给那个小册子写一个序。不知道您是否方便?如果您肯赏光,我回头把文集的草稿发送给您,作为参考。非常感谢!关宏志"

2016 年 8 月 18 日 15:31:38

"关老师好！谢谢关老师的信任。目前我的状态有那么点归隐山林的意思，每天与大自然为伍，很久不写东西了，现在连日记和家信也懒于走笔了，更多的是默默地与天地精神往来。为关老师大作写序，怕思路难以启动。关老师给过我的文字，读来非常清新超拔，祝非学术类作品集出版。遥祝一切好！"

2016 年 8 月 18 日 15:38:26

"黄老师好！谢谢您的鼓励，很希望能经常得到黄老师的批判指点。我那些饭后茶余的慌乱之作，实在难登大雅之堂。只是不忍就此舍弃，就斗胆献丑了。祝黄老师身体健康，精神愉快！"

2016 年 8 月 18 日 15:41:51

"是很率真也优美的文字，自然清新，关老师确实文理通达，加油！"

2016 年 8 月 18 日 15:42:17

"谢谢鼓励！"

2017 年 7 月 17 日 06:51

"黄老师，您好！好久没有联系了，近来好吗？在北京吗？我的第一本文集《路上的沉思》出版了，想送您一本，请您批评指教呢。"

2017 年 7 月 17 日 12:49

"关老师的大作出版啦。贺！一定有可读性，有机会拜读。遥祝全家好！"

2017 年 7 月 17 日 14:49

"也祝黄老师全家夏日快乐！"

万万没有想到，这些瞬间，成了永恒。没有能呈上自己的文集，也成了永久的遗憾。

发现美好的心灵

——阅读黄帅

2017年12月12日

获赠《黄帅心语》后,当然不能辜负了黄帅的一片心意,便经常把那本书携带身边,有空的时候拿出来捧读。通篇读完《黄帅心语》后,便想记录下当时的心情,并且想把这些感受告诉作者。于是给黄帅写下了如下的邮件:

终于在字面上读过了黄帅(请允许我把阅读黄帅的书籍称为阅读黄帅),在候机室、在飞机上。尽管作者一再提醒我,不要在此类环境里、此类心情下阅读。但是,我还是无视这些忠告,酣畅地阅读了黄帅。这样做既有一部分原因是习惯,也有时间上的些许无奈。就像在西瓜里撒一些盐,吃起来别有一番滋味一样,在嘈杂的环境中，阅读黄帅反而成了平静内心的良药。压迫精神的时钟仿佛被按了暂停，浮躁的情绪迅速沉静下来，想来很是神奇。我知道，如此阅读很难完整地感受黄帅细腻、深邃、丰富的内心世界。即便如此，阅读黄帅还是感受到了太多、太多的美好。

由于一个特别的机会，黄帅闯入了我的世界。事实上，如果不是特殊的原因，和那些大气磅礴的作品相比，此类读物轻易也不会引起我的兴趣。

当她自称姓黄时，我立即意识到站在我面前的这个清秀的女士就是大名鼎鼎的黄帅。

"黄帅？"我经常反应过于迅速，以至忘记了文明礼貌便脱口而出。

"是。"大概黄帅对如此场面已经习以为常了，只是莞尔一笑。

黄帅的微笑是永恒的。

每一个人都是一个完美世界。

无疑，黄帅亦是如此。如果你徜徉黄帅的内心世界，你一定会发现：经过多年的雕琢，黄帅的世界精巧无比。她心中那些体现着善良、诚实、灵动、惆怅、幽默、执着、温馨……的亭台楼阁，无一不是经过多年精心雕琢而成。这些带有浓厚中国风格的构造，既规模浩大，又结构巧致。

黄帅具有一颗发现美好的心灵。

历史，在小学生时代，狠狠地撞了一下黄帅稚嫩的腰。这猛烈的一击，完全有可能粉碎一个人内心世界的基础，这猛烈的一击，注定严重影响了黄帅的生活轨迹。历史不能假如，但是，我们不妨张开思想的翅膀假如一下。假如，黄帅没有被卷入历史的漩涡，今天的黄帅应该是什么样子？假如，黄帅被历史的漩涡击溃了内心，今天的黄帅会是什么样子？

然而，黄帅沿着自己的轨迹雕琢着自己的世界。曲折、苦难不仅没有抹掉黄帅的善良，反而使黄帅拥有了一双发现美好的眼睛。人们常说，生活中不是缺乏美，而是缺乏发现。对！确切地说，黄帅具有一颗能发现美好的心灵。

如果给我们时间，我们可以发现更多的黄帅，发现更美好的黄帅。

这些，是我和黄帅之间算得上唯一的文笔交流了。

第四篇

身在他乡为异客

美味的大餐和暖心的交谈，让我忘记了屋外呼啸刺骨的寒风，忘记了身在异国他乡。

身在他乡为异客
——2017年美国之旅之一

2017年1月7日

越来越不喜欢乘飞机长途旅行了，到美国那漫长的飞行实在是难熬，加上一前一后的时差适应，简直就如同生了一场大病。经过13个小时的飞行，终于在当地时间下午1:45，安全抵达了美国首都华盛顿特区的杜勒斯机场。

从北京起飞时，天空开始下起难得的小雨加雪，虽说是下雨加雪，但雨量就如同麻雀的眼泪——实在少得可怜。尽管如此，对长时间饱受雾霾困扰的生活在北京的人来说，这也算是老天给的一点点安慰了。不知道是天意还是巧合，飞机降落时，华盛顿特区也下了雪，而且是很大的一场雪（图一、图二）。我们的飞机呼啸着在铺满了积雪的跑道上降落，飞溅起一团雪雾，这也未免让人担心，飞机能否平稳地停下来。

一打开手机，便接到了朋友的短信，说他的航班因天气原因被取消，不得不换乘需要在芝加哥转机的航班。后来，我陆续通过微信群里的信息得知，许多人的航班都因为这场雪被取消或延误了。看来这场大雪几乎是席卷了整个美国，打乱了美国航空系统的正常秩序。

由于时间的规定，许多从国内来参加此次会议的人都是乘坐同一架航班，因此在飞机降落后见到了许多熟悉的面孔。就在出口处，更是受到了在此等候多时的在美校友的夹道欢迎。当从他们手上接过鲜花时，许多路人投来惊诧的目光，那表情分明是在问："我今天遇到了什么人？"

世界真是奇妙，从北京出发时已经是正午，经过漫长的飞行后抵达地球的另一端时，时间是当地的午后。这样就有了更多的时间入住酒店、整理内务，然后去参加晚宴。

雪后，华盛顿特区的气温骤降，非常寒冷，尽管穿上了最厚实的衣服，还是难以抵挡那凛冽的寒风。经过一番寻找，最后找到了位于中国城（Chinatown）的晚餐地点（图三），在美国的校友将在这里宴请我们。

一进入餐厅，通过茶色的实木家具、颇有些年代感的内饰就感受到了一种特殊的历史文化气息。无论是店内的空间还是各种家具的尺度，都让人感觉到一种野性，高高的吧台周围的高脚凳上，坐着一些男男女女，看起来黑人似乎更多一些。四周的墙上装饰着看起来是不同时代、不同风格的绘画，餐厅里播放的歌曲也带着狂野的味道，再加上那些黑人服务员，此情此景会让人很自然地想到美国西部，尽管我并不熟悉美国的西部文化。这一切，都是吸引我的陌生元素（图四）。

从飞机上第二次供应餐食后，我一直是"粒米未进"，肚子早已经饿得咕咕叫了。于是，眼巴巴地看着他们点菜，期盼着一顿饕餮大餐。

不一会儿，"大餐"送到。果然，餐食不负期待，色香味俱佳（图五）。而且，黑人服务员不时地走过来询问"怎么样？""还满意吗？"之类的问题，让人感觉其服务很是贴心。

美味的大餐和暖心的交谈，让我忘记了屋外呼啸刺骨的寒风，忘记了身在异国他乡。

图一　华盛顿特区的大雪之一

图二　华盛顿特区的大雪之二

图三　中国城

图四　餐厅环境

图五　色香味俱佳的晚餐

雪后的华盛顿特区
——2017年美国之旅之二

2017年1月8日

今天上午有一个演讲，为了不至于慌慌张张的，也顾不得昨日的舟车劳顿，把闹钟定在了早上7:00。也许是因为时差的关系，早上很早就没有了睡意，于是索性起床沐浴更衣，七点多一点就去了楼下的餐厅。

这是一家典型的美国酒店餐厅，和中国酒店的餐厅相比，食品的种类不多，主要是面包香肠之类的西式早餐。即便如此，这里也是附近为数不多的供应早餐的酒店。这家酒店好像很慈善，从不拒绝不在此住宿但过来这里吃早餐的人，这一点让人感觉到有点匪夷所思。

早上8:00便离开酒店前往会场。会场离酒店很近，只有两个街区的距离。雪后的华盛顿，风中夹带着刺骨的寒意，尽管身上捂得严严实实，裸露在外面的耳朵很快就有了被刀割般的感觉。

　　街道上的雪已经基本消融了，和在雪后的北京看到的一样，汽车车身上覆盖着白花花的污渍，这应该是融雪剂的痕迹。人行道上还能看见厚厚的、尚未融化的盐，甚至比在北京见到的更多。后来听同学说，那是为了防止市民滑倒或者投诉。

　　按照同事指示的路线，很快就走到了应该转弯的交叉路口。就在等信号灯的时候，路面上非常刺眼的散落物映入眼帘，估计是昨晚某辆载着建筑砂石的车辆的遗撒。

　　会议酒店很大、很气派，与之相邻还有一个很大的会议中心。此次会议就在这个建筑联合体内举行。稍微花了一些工夫，找到了会议室，静静地在那里等待会议开始的时刻。

　　上午的演讲还算顺利，吸引了不少青年学者（图一），只是不知道那些有点超越的话题及内容，是否合他们的胃口。

　　听说我来了，久屹、英武及玉江等老朋友纷纷要请我吃饭，实在是分身乏术，最终和英武及几个长安大学的校友一起在 Chinatown 的一家中餐馆共进了午餐。

　　下午，星星到了，他是专程从费城那边赶来看我的。在酒店的大堂和星星握手，仿佛是在梦里一样。是啊！何曾想到，能在这里用这样的方式会见这位"发小"呢。

星星没有什么变化,就是消瘦了一些。出发前他就联系过我,说身体抱恙,怕传染给我。我连说"没关系。"星星走进我的房间时,显得很疲惫,他带着生病的身体走了许多的路。晚饭的时候到了,英武邀请我们去参加他主持的晚宴,我邀请星星一同前往。星星以身体不适为由,执意要留在酒店里休息。

当我们来到餐馆时,里面人山人海,此时却找不到英武的身影,估计他是忙于什么事情暂时无法脱身吧。我们看中了楼下的一个相对清静的角落,便在那里落座,玉江请了我、恩建和国惠。

回到酒店时,发现星星病恹恹地躺在那里,在用毛巾敷着头,满脸通红。这让我感觉他的病情加重了,一下子警觉起来。询问了情况后,立即要同行的学生找出携带的药品,给星星服下。星星草草吃了一点我从餐厅给他带回来的面条后就休息了。

一晚上都在为星星的身体担忧。

图一　演讲会场

未尽的话题
——2017年美国之旅之三

2017年1月11日

（一）苹果零售店

今天和久屹约好了，先去购物，然后去乔治·华盛顿的故居。

早上久屹突然想起，今天多人合乘车辆（HOV）车道限行，他的汽车无法在高速公路上行驶，于是我们便搭乘地铁，来到位于弗吉尼亚的一个苹果零售店（Apple store）。

我们一走进门，一个店员便上来询问我们的目的，然后把我们引导到一个黑人小伙那里。很快，我便发现了这个黑人小伙的异常之处。他是一位听说残障人士，完全不说话，而是用平板电脑打字和我们交流。

在整个购物过程中，一直是这个小伙接待我们，小伙通过读唇，基本可以"听"懂我们在说什么，偶尔也有在平板电脑上的交流，这期间没有其他任何人过来帮忙。据久屹说，这是为了体现对残障人士的尊重——尊重他们独立生活的权利。

临交货时，我随口问了一句是否有什么折扣或者礼物。小伙想了一下，告诉我教师有折扣，但需要提供身份信息。我想起随身携带了护照，护照上的信息果然奏效。就这样，此次交易节省了70美元。

（二）弗农山庄

接下来的行程，便是前往乔治·华盛顿的故居——弗农山庄（George Washington's Mount Vernon）（图一）。

弗农山庄位于弗吉尼亚州，在波托马克河畔（图二）。用今天的眼光来看，弗农山庄的建筑颇为朴素，而美国的开国总统乔治·华盛顿在这里生活了四十多年，那是他67岁生命中的大部分时光。这位伟大的总统创立了美国的政体，主持制定了美国的《宪法》，给美国这个年轻的国家带来了持续发展的力量和延续到今天的繁荣。

站在弗农山庄宅邸的回廊下，壮阔的波托马克河一览无余。

不知是什么响动，惊起了一群大鸟，它们扇动着翅膀，冲向天空。阴沉的天空和略带寒意的空气，让山庄的一切都显得有些凝重（图三）。

图一　乔治·华盛顿的故居——弗农山庄

图二　波托马克河

图三　略显凝重的弗农山庄

（三）未尽的会议

从一开始，招待会就被弄得别别扭扭的。先是时间正好撞上晚饭，显然没有考虑到要给人们留下吃饭的时间，然后就是会议内容等问题。

经过调整后，会议选定了新的时间，而从一开始，各项议程就被大大地拖后了。如果从感官上评价一下会议效果的话，只能说没什么好期待的。

仪式性的过程进行完毕后，预定的一个小时的讨论议程只剩下十分钟了。从 W 发言的语气可以听出，他有很多话要说，又找不到一个合适的表达方式。他开了一个头后，WJ 就把话筒交给了我。能感觉到 WJ 对我的尊重，刻意给了我一个发言的机会。

事实上，我也为今晚的发言做了一定的准备，而且是准备用英语发言的。此时此刻，那些需要听英语的人都已离席而去，我就抓紧时间用中文讲了一个故事——"老天爷是非常公平的！"

很快，会场的工作人员提醒我们，他们要下班了，结束的时间到了。

会议留下了一长串未尽的话题。

恢复的记忆
——2017年昆明印象

2017年3月26日

难得的连日阴雨,夹杂着些许"送春归"的味道,让北京有了南方冬天才有的那种感觉——阴冷。寒潮一鼓作气,在一夜之间又把京城带回了冬天。就在这个春天里最寒冷的清晨,我登上了飞往昆明的航班。

飞机一昂头,便钻出了覆盖大地多日的厚重云层,把那湿冷的阴雨甩到了身后,久违的阳光射进了飞机的舷窗,2017年的春城之旅从这一刻便早早地开始了。

(一)过桥米线

飞机起飞前,同行的朋友建议我们不要在飞机上用餐,因为飞机落地后,我们将直接前往昆明市内的老字号去吃正宗的过桥米线。云南的过桥米线闻名遐迩,听说午餐能吃到正宗的过桥米线，自然是一番热切期待。

飞机在一阵翻江倒海似的颠簸之后，轻轻地降落到了昆明机场，当地的朋友们已经等候在机场的出口处。高原的晴天，空气中充满了盎然的春意，阳光明亮得有些刺眼，此时我才发现，出发时没有记得带上墨镜，虽然有些后悔，不过以出发时北京那样的天气，没有想到带上墨镜也算情有可原。想到早上的北京，可谓转瞬天之涯，风雨两重天。

朋友轻车熟路，汽车很快便载着我们抵达了昆明闹市区的一个外观看上去算是古朴的店铺门前（图一）。店铺在街道的一角，被其他建筑紧紧地包夹着，楼梯和楼道都显得有些窘迫，带有明显的时代痕迹。粗糙和疏于维护是店铺给我的第一印象，和我见过的许多国营的老字号很是相似，只是不知道这里是否是国营。

不一会儿，我们点的过桥米线被端上桌来。宛若小脸盆大小的海碗周边被大大小小的碟子包围，碟子里尽是各种过桥米线的辅料，有鹌鹑蛋、鱼、肉和蔬菜。这和北京的炸酱面颇有些类似。海碗里是炽热的高汤，而米线和那些辅料多是生的。服务生三言两语向我们解说了一遍如何料理和食用，但解说速度之快，使得我只能猜测他的意思。好在陪同的朋友又耐心地解释了一遍，我们才算真正弄懂了刚才那个服务生说的内容。

从前也曾在不同的地方吃过过桥米线,但像在这家老店里这般繁复和夸张的吃法,还是第一次。简单地操作后,便开始兴致勃勃地品尝自己"做好"的米线。不过,这些天正赶上味觉失灵,看上去很好的米线那美妙的味道没有被品尝出来。早已过了胃里有化石丹的年龄,无论如何也吃不完海碗里那么多的东西,最后抱着几分暴殄天物的愧疚,停下了筷子。

扫视了一下周边,像我这样"暴殄天珍"的人还真不少。

图一　古朴的店铺门

(二) 翩翩起舞少一"人"

翠湖是位于昆明市中心的一个小湖。因为位于城市中心,它应该有过一个辉煌的过去。然而,现如今它显得那么窘迫、局促。记得上次来昆明的时候,曾经在翠湖附近的一家酒店住宿,对成群结队的红嘴鸥在天空滑翔和俯冲叼走人们手里饵料的情景记忆犹新。

现在,几乎湖畔所有的空地上都是成群的人流,公园里的一些地方就连过道处都站满了人,显得有些拥挤。人们或是在引吭高歌,或是在翩翩起舞。他们大多数看上去是五十岁出头或者更年轻一点，能感觉到这里的人们有着比较充裕的时间（图二）。

此时，我很快发现喧闹的翠湖少了一位重要的舞者——红嘴鸥。

多少个冬天里，来自西伯利亚的红嘴鸥给昆明添了一景，昆明人已经习惯了接待这些远方而来的"客人"，也让"客人"对昆明有了家的感觉，昆明的大小湖泊成了它们冬日的家园。而此时，天气已经转暖，不知道是谁一声令下，红嘴鸥们一只不落地告别了热情好客的昆明人，集体离开了翠湖。

望着晴朗的天空，要和那些记忆中的红嘴鸥相约下次了。

图二　公园里翩翩起舞的人

（三）恢复的国家记忆

就在翠湖的岸边，坐落着一座历史悠久的建筑——云南陆军讲武堂。据说，这个讲武堂创办于1909年，培养出了大批军事人才，在它的学员名单中既有中国近代史上叱咤风云的人物，如朱德、叶剑英等，还有崔庸健（曾任朝鲜人民军总司令、朝鲜民主主义人民共和国最高人民会议常任委员会委员长）、李范奭（韩国首任总理兼国防部长）和武海秋（曾任越南临时政府主席）等一些邻国的重要领导人。

虽然后来历经岁月沧桑，它的建筑主体被完整地保留了下来。这算得上是十分难得了。今天，"讲武堂"的一些空间被辟出来展示中国远征军的那段历史，这也让我对这里有了许多新的记忆。

中国远征军的那段历史和那些在异国他乡为国捐躯的英雄曾经被我们遗忘，想起来实在让人惭愧不已。记得曾经读到过一篇关于滞留缅甸的远征军老兵及他们后来回归祖国的报告文学，读来让人不禁潸然泪下。他们的故事又唤起了人们对那段历史的回忆。

让人感到欣慰的是，今天人们终于能正视那段历史，承认中国远征军为国家和民族独立所作的贡献。国家为那些仍健在的老兵们授予了勋章，给了他们应有的荣誉。今天，在这个昔日的讲武堂里的那些照片、实物和文字描述，较好地还原了中华民族抗击外敌入侵的那段可歌可泣的历史，为中国远征军恢复了应有的国家记忆。当看到那些国民党将领如杜聿明、戴安澜、卫立煌、廖耀湘等的姓名和照片赫然墙上时，人们更会加深对胸怀、自信的含义的理解。

中国远征军的这段历史，给了我们一个重新认识自我的机会，更给了我们一个在观念上超越的机会。一个国家和民族的进步，正是通过一次又一次观念上的自我超越得以实现。眼前的这种超越，给过往画上了一个句号，也给未来搭起了一个向上的阶梯。

（四）清风吹醒了遥远的记忆

站在窗前，夹杂着新鲜枝叶味道的清风拂面而来，一丛不知名的翠绿色灌木，把枝条伸到了我的窗前，新芽随着微风轻轻摇曳，仿佛是在向我轻声问候。

久违了，那拂面的清风，久违了，那夹杂着大地气味的空气，久违了，那蓝天上的朵朵白云，久违了，那近在咫尺的可以细细端详的翠绿。

这些年来，我们住进了高楼，就连办公室也"高高在上"，人的精神似乎被关在了象牙塔内。人总是在追逐着什么，却在不经意间渐渐疏远了自然，整日被一个人造的环境和许多花言巧语所包围。当那不懂得炫耀、不懂得夸张、不懂得自我推销的自然突然又出现在你的面前时，油然而生的就不仅仅是那种珍惜和眷恋，就会不禁重新思索那些追逐的意义。

2017年盘锦印象

2017年6月1日

（一）久违的春雨

从一出票我就后悔了，后悔没有购买一张一等座的车票。根据我的经验，这趟列车的二等座车厢可能会比较拥挤嘈杂，果然，车厢里坐满了人，我的座位还在我最不喜欢的地方——最里面靠窗的位置。

记不清多久没有乘坐北上的火车了，路边的景致和南下时见到的颇有不同，丘陵舒缓起伏，那草、那树都是北方的样子。

机会难得，和同行的朋友聊了几句之后，便翻开随身携带的书籍阅读起来。

中途抬头望去，列车急速行驶在乌云笼罩的大地上，看样子正在驶入雨区。渐渐地，雨滴开始在车窗上留下长长的痕迹，开始下雨了，而且很是猛烈。对我来说，这是一场久违的春雨，它来自我的旅途，而且是一个黄昏。雨水拍打着车窗，洗涤着大地万物。

不一会儿，一道来自遥远地平线的阳光透过车窗，投射到我的书上，它预示着急雨远去的脚步，晚霞也在向我们告别。

不知是晚霞还是雨水的缘故，在车厢里感觉到了些许寒意。出门时比较匆忙，忘记了带上一件长袖衣服。每到夏天就是如此，虽然气温已经超过了 30℃，可为了防止在室内吹空调受凉，经常还得穿上一件长袖衣服。查看了一下，车外的气温已降至 17℃，而两个多小时前出发时，北京的气温是 31℃。

（二）两重天地

好久没有从北京站出发了，北京站有了些许变化，以适应日益增加的客流。候车室里乱糟糟的，座椅上满是横躺竖卧的等待乘车的旅客。过道里，几个戴着帽子的人高声叫喊着：

"提前进站！提前进站了啊！"

所有人都明白，这句话意味着什么。

扫视了一下，没有发现可以暂时坐下来歇一歇脚的地方，便离开了嘈杂的候车室向大厅走去。穿过大厅，发现就在对面的那个候车室安静许多，里面还有很多空的座位，相较也凉爽许多。咫尺之遥，竟然是两重天地。

旅行常会遇到这样的事，稍探索一下，就会发现不一样的天地。人生又何尝不是如此！

（三）糊涂的开场

走出列车车厢，立刻感觉到了一阵寒冷。雨后黄昏中的盘锦，气温在继续下降，现在已经降至了12℃。

没有遇到接站的人，同行的朋友打电话给联系人，得到的答复含含糊糊。寒风中，我们无奈地等待着。

我们在等什么？没有人能回答。

第一次遇到这种情况。

不一会儿，一个人走上前来，询问我们是不是他要接的人。

终于联系上了，可是来人说，他只负责把我们送达宾馆，别的他什么都不知道。时间已经快到晚上8：00，可是我们还不知道在哪里吃晚餐。

酒店是很好的酒店，然而登记入住时，又是一问三不知。真是一头雾水！

幸好，我们有足够多的生活经验和足够多的耐心。

（四）遇见红海滩

在央视的广告片上曾经看到过那一片红色的海滩，我甚至一度以为那是为了宣传而后期制作出的效果。

当听到当地同事说起红海滩时，便迫不及待地想去看看。

幸好，会议结束离我们返程还有足够的时间，当地的同事便安排了车辆，载着我们前往红色海滩。

汽车进入一个公园大门似的门后，便驶上了一条笔直的大路，据说，这条路一直通向辽河入海口的冲击三角洲，全长有 18 公里之多。

公路既是一条路，也是一座堤，它把从前的海滩一分为二，现在一边是直通大海的滩涂，一边是满眼的稻田。毫无疑问，堤内的水是淡的，而堤外的水则是咸的。

渐渐地，可以看到滩涂一侧成片的紫红色。阳光下，那色彩时浓时淡。公路两侧，人们修建了许多栈道和观光设施，给从前的自然资源增色不少。可以感觉到，如果是在节假日里，这里一定游人如织。

踏着伸入滩涂的栈道，可以来到红色植物的深处，那红色来自一种耐盐碱的低矮的植物，它们刚刚发出春天的嫩芽（图一）。据说，它们的红色会随着季节变化，最好看的时候是稻花飘香的十月。那时候,大堤内外,金色的稻穗和红色的海滩交相辉映,景色煞是壮观。

放眼望去,大海中可以看见一座钻井平台,好像还有一艘大船,远处的陆地上,则有炼油厂的模样。正在退潮的海滩上,螃蟹急匆匆地钻进洞穴,试图躲避我们的目光。不知名的水鸟和一些小燕子在红色植物中寻找着什么。

灿烂的阳光下、劲风中,难得只有我们少数几个游人,难得一次奢侈的红海滩之行。

图一　刚刚发出嫩芽的红色植物

2017 年赣州印象

2017 年 6 月 30 日

（一）浓雾后的赣州

江西的朋友在微信里询问我的时间安排，邀请我到赣州出差一趟。

我多次去过江西，也去过江西的几个城市。然而，赣州，却不在其中。风景秀丽的江西给我留下了深刻的印象，去一个没有去过的赣州，自然是我之所愿，再加上那段时间我刚好空闲，于是便欣然答应下来。

出发前一天的下午，我的手机就开始忙碌起来。一位赣州那边的同事一会儿打过来电话，一会儿发过来短信，反复和我确认相关信息。没过多久，又一位自称老兰的赣州同事打来电话，表示要核对一下电话号码以便明天接机。赣州人的热情和细致认真由此可见一斑。

航班是一大早的，我也早早出发，按时起飞，早早抵达了赣州。

飞机很快便飞临了赣州的上空，此时的赣州躲在浓浓的云雾后面，直到飞机放下起落架准备着陆时，透过舷窗仍看不到地面的景物。终于，飞机在剧烈的颠簸后穿过了云层，赣州出现在眼前了（图一）。

那是一片苍翠的丘陵，一幢幢白色的民房，星星点点地散布在绿色的山林当中，民房的周围还可以看到一些农田，这一切透露着一种悠闲和恬淡。

刚刚打开手机，就接到了老兰打过来的电话，他们已经等候在接机大厅的出口了。

图一　赣州机场

（二）赣州掠影

从机场到市区的路比我想象的要长一些，驾驶员一路狂奔，不停地向身边的车辆鸣笛示警，车里的我见到如此情景，却是如坐针毡。

"一定要把汽车开得这么快吗？一定要如此鸣笛吗？"我心里想。

老兰是一位很殷勤的人，一路上不停地和我说这说那，热情地介绍关于赣州的历史文化和风土人情。当我提出下午想看看赣州"值得一去"的地方时，老兰欣然答应下午陪我去转转。

前些年也走过许多地方，但总是来去匆匆，有时甚至来不及看一眼造访的城市。近些年来，我逐渐改变了想法，尽量给自己留下一点时间，以在造访的城市走走看看，即使是多次造访过的城市也是如此。此次选择了这么早的航班，也是出于这个原因。

当发现我们的汽车需要跨过一条大河时，我便问起老兰："这是什么河？"谁知道，我这一问，竟然问出了一段趣话来。老兰回答我："这条江的名字叫章江。"老兰告诉我，赣州市内有两条大江，一条叫章江，另外一条叫贡江，两江在赣州交汇，合流后便是赣江，交汇处则是赣江的起点。"章"和"贡"凑在一起成为"赣",这不仅有了赣江的名字,也有了江西的简称——赣。

(三)赣州和赣州人

老兰是土生土长的当地人,当我问起他特别的姓氏时,他回答道:"我是畲族。"说实话,这还是我第一次遇到畲族人。在如此偏远的地方遇到一个从未遇到过的少数民族同胞,也算是正常现象。

老兰热情好客,初次见面便有点一见如故的感觉。就在陪同我外出"看看赣州"前,他还热情邀请我到他家里看看。对我来说,受到这样的邀请还是头一回,稍微踌躇了一下,最终还是接受了。

刚到赣州就发现了一个有趣的现象,入住的酒店房间在我看来明明是在大楼的一层,但却被告知是二层,而这个二层也确实有点高高在上的感觉。老兰的家也是如此,他告诉我他住在二楼,可在我看来他住的是三层。后来我发现,那座楼的一层的确有许多房间,但都是用来当仓库的,根本没有住人。据此我想,或许是因为赣州潮湿,一层不适合居住吧。

老兰的家非常宽敞,有硕大的客厅和阳台。老兰还热爱收藏,一走进家门,不是带我参观他的"豪宅",而是兴冲冲地向我介绍他的收藏品,有各种各样的徽章、文房四宝、旧家具、瓷器等。就在我欣赏老兰的收藏品的时候，他用塑料纸包了一个领袖的徽章，送给我留念。

这就是我刚刚认识的赣州人！我满怀感激地接受了老兰的馈赠。

老兰的汽车有些年头了，老兰说因为工作的原因，他很少开自己的车。坐上老兰的汽车后，我习惯性地系上安全带，老兰见此情景立即说了一句："不用。"估计在他的日常生活中，他是用不着说这句话的。

（四）蒋经国先生故居

乘着老兰的汽车，没多久便来到了赣州古城墙的北门处（图二）。我们停好了车，沿着城墙一路向前走去，不远处就是蒋经国先生在赣州的故居。

据说，蒋经国先生1939年3月从苏联归国后，便直接来到了赣州任江西省第四行政区督察专员兼保安司令。当时，虽然赣州所属的赣南地区在行政上隶属于江西省，但当时的省政府主席熊式辉无力统领这个地区，赣州便成了广东军阀势力的地盘，各种地下经济在这里已然公开。蒋经国先生上任伊始，便推行起"查禁烟赌娼，修明吏治，发展经济，兴办教育"等新政，取得了许多令人瞩目的政绩（五大政绩）。我们要参观的，就是蒋经国先生在赣南生活起居的旧居。

蒋经国先生故居是一栋仿俄式砖木结构建筑,面积有170多平方米,平面呈"凸"字形,房屋后面有一个不大的小花园,沿着回廊,可以找到一座只有一间房屋的小楼,房间里有一个两面都有抽屉的桌子。整个旧居无论是从占地面积还是建筑物内的陈设来看,都显得局促、简朴,也从一个侧面反映出了当时人们的生活水平和精神世界。至于"仿俄式建筑",估计是和蒋经国先生在苏联生活的经历及他的俄罗斯籍夫人有关(图三)。

建筑物面对着滚滚北去的章江,建筑物前有一棵据称是蒋经国先生于1941年手植的白玉兰树,不知道当年房屋的主人坐在树下望着那滔滔不绝的江水都想了些什么。

图二　赣州古城墙的北门

图三　蒋经国先生故居

（五）古老的赣州

沿着宋代城墙北去两百多米，便来到了章江和贡江交汇之处——赣江的起点（图四）。因连续二十多天的降雨，江水水量很大，浑浊的江水上漂浮着水葫芦一类的植物。放眼望去，一些不明用途的构造物矗立赣江两旁，两江和赣江的自然景观到此结束。看不到"落霞与孤鹜齐飞，秋水共长天一色"，更没有"潦水尽而寒潭清，烟光凝而暮山紫"，不知道是否因为下雨，甚至连一只飞鸟都没有见到。

离开赣江的起点，我们乘着老兰的那辆小汽车继续前行，抵达灶儿巷附近的和平路时，已是黄昏时分，四周一片寂静。人们很容易把那些古老的建筑物和它们身边的现代建筑物区分开来。就在我拿起手机准备拍照时，突然发现了那些古建筑物的异样。原来，它们都已经人去楼空。老兰说，这里正在准备拆迁。

拆迁！听到这个词后，心中便有了几分期盼，几分担忧。

和平路显得非常狭窄，两旁的建筑物混杂不一，一栋写着"辇仙"的建筑物上面，还能看到用威妥玛式拼音和英语写的"CHUNU-HSIEN RESTAURANT"，这些字迹表明这座建筑物属于过去那些时代（图五）。老兰指着另外一栋骑楼说："这里以前是妓院。"望着这栋建筑物，遥想着当年那一番景象（图六）。

看完了这条街道，我们又折返回来进入了一个巷子，入口处的一个牌坊表明了这个巷子的身份——皂儿巷（有些门牌上写的是灶儿巷）（图七）。与和平路相比，皂儿巷是一条整修过的、基本保留了原来风貌的古街道。巷子的街道铺着石子，两旁的建筑也显得更加干净、整齐。

进入皂儿巷不久，便是过去一些商号的旧址（图八）。建筑的装饰是我从前不曾见到过的，那些墙上的好似窗框的东西，像是用青砖烧制而成的，它让人联想到了同属江西的瓷都景德镇。

看到一扇大门虚掩着，我便走了进去，一个传统的南方大宅呈现在我的眼前。各种搬家后的垃圾散落在目光所及的各个角落，或许是连日阴雨，或许是久未有人居住，或许是正值日落时分，大宅内显得阴暗、潮湿，散发着诡异的气息。退出大宅，沿着街道继续前行，沿街都是类似的建筑。就在快到街道尽头的地方，有一座显然还在使用的建筑，门上有两个醒目的大字。老兰说，这里现在是一家餐厅，而且他和这家餐厅的老板很熟。

跟着老兰，我们走进这家餐厅的院落。这是一座典型的中式府邸，从前到后一共三进，中间用天井分隔，两厢的房屋及大厅都改造成了像模像样的餐厅，很有点私家厨房的感觉。服务员告诉我，这里曾经是一家钱庄。

出门后，老兰告诉我，这家店的主人是在前几年用十八万元买下了这套院落，后来花了一百多万元进行装修，于是才有了今天这副模样。整个皂儿巷几乎都被搬空了，唯独这个餐厅依旧若无其事地存在着。看起来老兰对当地的事情真是"门儿清"。

原路返回时，天空和街道越发昏暗，走着走着，不知道从何处传来了男女合唱的声音，"长亭外，古道边，芳草碧莲天，……"

此情此景，把我的心绪一下子带到了那个时代，让我的心情与眼前的景物和谐交融。

哦,是谁为我如此精心地安排了这一切?

"等这里重建好后,我再来看看。"我和老兰相约道。

(六)章江晚渡

晚餐后,我独自一人在章江边漫步。熙熙攘攘的健行者和跑步的人从我身边经过,我的眼里却满是滚滚而去的章江水。感受着夕阳的温度,踏在横跨章江的浮桥之上,一阵阵凉爽的微风拂面而来。身边的人们或缓步桥上,或静静坐在桥边、浮船之上,一片宁静祥和的景象(图九)。

赣州,一座曾经陌生的城市,期待着再次造访她和那个修旧如旧的皂儿巷。

图四　赣江的起点

图五 写着"霖仙"的建筑物

图六 从前的妓院

图七 皂儿巷的入口

图八 皂儿巷中的旧商号

图九 宁静祥和的章江

从马迭尔开始

——2017 年历史探访之旅之一

2017 年 7 月 25 日

> 故欲其国民对国家有深厚之爱情，必先使其国民对国家已往历史有深厚的认识。欲其国民对国家当前有真实之改进，必先使其国民对国家已往历史有真实之了解。我人今日所需之历史智识，其要在此。
>
> ——钱穆《国史大纲·引论》

（一）引子

一个多月之前，裴教授就向我发出了邀请，希望我能参加他主办的一个研讨会。这一次，他是认真的。也就是说，即使那天我无法出席研讨会，会议也是会如期举行的。

实际上，几年前裴教授就向我发出过类似的邀请，且也是认真的,只是那些邀请多带有意向性的色彩,加上大家都忙于自己的工作,就一直没有成行。许多因素加到一起,让我爽快地接受了裴教授的邀请。说来也巧,就在我决定参会之后,陆陆续续又接到多个同一时间的会议邀请,其中不乏颇具意义的会议,但这些都没能让我改变参加裴教授这个会议的行程。而让我没有想到的是,此行竟然成了一次不折不扣的历史探访之旅。

(二)飞机按时起飞

北京夏季的傍晚经常会突降雷雨,导致航班延误甚至取消,经常乘飞机出行的人可谓深受其苦。于是,就选择了一大早出发的航班,那是当日第一趟飞往哈尔滨的航班。即便如此,在机场休息室休息时,服务人员特意提醒我们:"目前许多航班不正常,届时请及时过来询问一下。"这样的善意提醒不是十分专业,但也说明了那时候我们所面临的状况。

眼看着登机时刻临近,就在我们犹豫是否要前往登机口时,服务人员告诉我们:"开始登机了。"

和往常一样,做完安放行李、系安全带、关闭手机这一系列动作后,我便开始闭上眼睛睡觉。

等我一觉醒来,飞机已经进入了平飞状态。

(三)入住马迭尔宾馆

这家从里到外都透着悠久历史气息的宾馆,有着一长串尊贵客人的名单,宋庆龄、贺子珍、孙起孟、郭沫若等,仅从这些名字就可以看出这家宾馆的身份。这个位于哈尔滨中心城区的宾馆,叫作马迭尔宾馆。

马迭尔是俄文"модерн"的音译,意思是现代的、时髦的。因此,马迭尔宾馆的英文名字是 Modern Hotel。这座始建于1906年的酒店,在那个时代就用了 Modern 这个词作为名字,说明它在当时非常的新潮。

通常,入住酒店的客人很少关注酒店的历史,只是当我在酒店大堂的一隅看到一尊塑像时,引起了我对酒店历史的好奇。塑像的介绍文字说,马迭尔宾馆的创始人是俄籍犹太人约瑟夫·亚历山大罗维奇·卡斯普先生(图一),而这个名字在关于马迭尔宾馆的所有中文网页上都查不到,不知道是有意还是无意而为之。官方记录显示,马迭尔宾馆于1913年落成,当时集宾馆、电影院、珠宝店等于一身。由此可以想见,昔日这里是何等的辉煌。即使是在今天,"马迭尔"在哈尔滨也是一个响亮的名字。它除了拥有110年的历史,还具有毗邻中央大街、相去松花江边"一箭之地"的地理优势,是早年中共中央东北局的招待处,曾经接待过无数政要和社会名流。

用今天的眼光来看,这座三层的巴洛克风格的暗红色建筑绝对算不上起眼(图二),走进大厅内部,一股岁月的气息扑面而来。在它传统客房部分的走廊里,地面铺着厚厚的红色地毯,走廊的墙壁和门框被厚重的实木所包裹(图三)。退回到110年前,这应该算是十分豪华的装修了。客房的大门和墙壁的装修风格一致,是实木门。有些住过名人的客房门上,还有一个小牌子记录着这位贵客的姓名(图四)。

房间的开间不大,显得有些局促,装修带有那个时代的痕迹,家具老旧,找不到期待中的尊贵的感觉,整体上,真正老的东西已经所剩无几了。

住在这样饱经历史沧桑的酒店非常合我的心意,在某种意义上也预告了此次的历史探访之旅。实在是难为东道主裴教授的一片苦心了。

图一 约瑟夫雕像

图二 马迭尔宾馆外景

图三　宾馆古朴的走廊　　　　图四　记录贵客姓名的门牌

（四）中东铁路公园

时间还早，决定和妻子一起，利用下午的时间在哈尔滨市内到处走走。翻开房间里为客人准备的纸质地图，细细地查看了半天，还是不得要领，于是便打开电脑，查看起宾馆的周边。最先引起我注意的地方，是一个标记为"老道外中华巴洛克历史文化风景区"的去处，研究了一下路线，发现需要途径一个叫作"中东铁路公园"的地方。于是，便把这些去处选作下午的目的地。

了解哈尔滨历史的人都知道，说起这座城市的由来，就不能不提及一条铁路——中东铁路（"中国东方铁路"的简称）。当年李鸿章拒绝了沙俄在铁路名称上的提议，并坚持赋予这条铁路这个名称。但后来，这条铁路还是成了中、俄、日争夺的对象，直到《中苏友好同盟互助条约》签订，它才真正回到中国人的手中。

　　这条铁路在中国境内东起绥芬河，西至满洲里，中间经过哈尔滨又向南直抵大连（港口），全线呈"丁"字形。据说，"中东铁路1897年8月开始施工，1903年7月正式通车运营。中东铁路建成后，大量资本注入，商贸发展迅速，三十多个国家在这里设立领事馆和银行，以铁路为依托，以商贸为中介开埠，满洲里、富拉尔基、扎兰屯、哈尔滨由此发展起来。"

　　中东铁路奠定了哈尔滨成为今天一个重要铁路枢纽的基础，也铸就了哈尔滨这个中国北方的明珠。记得有一部名为《中东铁路》的多集纪录片，比较完整地记录了这段历史。

　　因此，到了哈尔滨，怎能不看看带来了这座城市的中东铁路呢？

　　根据脑子里的地图，和妻子一起沿着道路，毫不费力就找到了第一个目的地——中东铁路公园。

　　公园就建在废弃的原滨州线松花江铁路大桥旁边。几个红色的车辆组成的雕塑载着"中东铁路公园"几个大字，旁边是一个废弃的蒸汽机车头，机车头的背后是一座正在施工的博物馆模样的建筑（图五、图六）。继续向前走，便可以找到能攀上从前高高的路基的阶梯，剩余没有被拆除的"中东铁路"就在我们脚下了。铁路一路向北延伸,一座美丽的铁桥呈现在眼前,灰色铁桥上方有三个金色大字——松花江(图七)。

这里就是当年中东铁路上的松花江大桥。

如今,大桥中央被铺上了橡胶垫,使得桥面平整,更适合人行走。偶尔有些地方还装饰了玻璃,透过玻璃,人们可以清晰地看到脚下奔腾而去的松花江水,有些胆小的游客会不由得慢下脚步,战战兢兢地通过。

桥下,是滚滚东去的松花江。恰逢前几天东北地区大雨,江面宽阔,江水浑浊而湍急。与这座旧桥咫尺之遥,便是崭新的白色拱形铁路大桥,高速铁路列车和绿皮车相继疾驰而过(图八)。

夕阳西下,江风轻拂,一明一暗、一高一低、行人和火车,两座江桥形成了鲜明的对照,也给人们留下了无限的遐思。

图五　红色车辆雕塑

图六　中东铁路公园

图七 松花江大桥旧桥

图八 松花江大桥新桥

历史街区散步
——2017年历史探访之旅之二

2017年7月26日

（一）老道外中华巴洛克历史文化景区

"中华巴洛克"，光听这个名字就够吸引人了。跟着手机导航，不一会儿便来到了被称为"老道外中华巴洛克历史文化景区"的地方。

首先映入眼帘的，是一片破败的建筑群。每座建筑物的外装饰的确不同于中原地区常见的中国建筑的传统式样，充满了异域风情。难道这就是所谓的"历史文化景区"吗？怎么会如此破败？

带着将信将疑的心情继续前行，果然找到了一个写着"纯化医院"字样的保存完好的建筑，和它附近的"百年餐饮老街"的门楼，它的身后便是一大片古香古色的、被巴洛克式建筑群所包围的步行街（图一）。由此可见，当时的城市建设已经很重视城市的建筑风格了。

步行多时,感到有些疲惫,原本打算找个咖啡店小憩片刻,但转念一想,既然是"巴洛克"风情区,何不来一瓶格瓦斯,也算是和这里的风情相得益彰了。于是,在一家开着门的小店里买了两瓶格瓦斯,在街道中间的休息区和妻子一边饮着格瓦斯,一边细细端详起整条街道。

四周的建筑物大多是青砖的两层小楼,被修建成了异域的式样,配以大理石铺就的街道路面。街道上没有多少游人,整个街道让人感到舒适、从容。街道两侧有餐厅、咖啡厅、旅店和很多以售卖俄罗斯商品为主的旅游纪念品商铺(图二)。或许是工作日的缘故,街道上的游人并不多,加上一些店铺贴着转让字牌,显得有几分冷清。倒是一隅的啤酒花园,安静中带有一种蓄势待发、跃跃欲试的感觉,或许到了夜晚就会热闹起来(图三)。

四处寻找了一下,没有找到任何关于这片中华巴洛克街区的历史的说明,让我无法获知它的前世今生。或许是我们没有找对地方,或许是这里的人们的确遗忘了什么。

图一　巴洛克式建筑

图二　宁静的街道　　　　图三　一隅的啤酒花园

（二）被买断工龄的司机师傅

要返回酒店的时候遇到了交通问题，打开呼叫出租车的软件，许久都没有人（车）应答，便招停了几辆过往的电动三轮车。司机一听说我们要去马迭尔宾馆，就都摆手说"不去"，然后紧跟着一句："那边抓得厉害。"

最后被招停的司机给我们出了一个主意：把我们带到附近的公交车站，从那里乘坐几站公共汽车，便可以抵达距离马迭尔宾馆不远的"防洪纪念塔"。

"多少钱？"

"五块。"

我们接受了他的建议。一上车，我们便和司机师傅攀谈了起来。

司机师傅是商业系统的下岗职工，工龄被用一万多元钱买断，距离正式退休还有两年。这段时间里，他还得依靠开这样的三轮车挣点钱,一是贴补家用,二是需要上缴社保基金。这样,他退休后就能领取养老保险金了。

"一万七千七呀,多便宜啊!"说到买断工龄时,司机师傅激动起来。

"像我们这岁数,到哪儿都没人要。人家一听年龄就不要了,害怕你再有个三长两短的。"

"孩子还行,女婿也不错,是部队上的。"说到孩子时,师傅的话里透露出几分希望、几分自豪。

从他的话语判断,他的年龄应该和我相仿。

说话之间,我们的目的地——公交车站到了。我掏出了十元钱递给司机师傅,"不用找了。"

"那就谢谢了!"司机的脸上露出了灿烂的笑容。

司机师傅让我想起了一个亲戚,前几年经历了和这位司机师傅完全相同的事情,我能感受到他们此时急切盼望着退休,可是又不得不继续挣钱,但又没人雇用的苦痛。他们身上有一个让我肃然起敬的共同点,那就是努力。每个人在人生当中都有不顺利的时候,有时纯粹是命运的捉弄。然而,那并不代表人生就没有了幸福,没有了希望。"自助者天助之",自助者往往更容易找到快乐。

希望司机师傅一切顺利!

初识金国
——2017 年历史探访之旅之三

2017 年 7 月 26 日

出去哈尔滨不远,便来到了阿城。到阿城,是为了造访金上京遗址。

小时候就经常听说岳飞抗金的故事,只是那时候还不知道,那个所谓的"金"就是由女真人在这里建立的金王朝。

在阿城政府网页上,关于这段历史是这样记载的:

公元 1115 年,女真人首领完颜阿骨打(图一)在今阿什河畔建都立国,历四帝三十八年,史称"金上京会宁府"(图二)。公元 1153 年,金王朝迁都燕京(今北京),开创了北京作为历朝都城的先河。阿城于清宣统元年(1909 年)设县,称阿勒楚喀城,简称阿城。

据说，1153年，金王朝迁都燕京（今北京）时，自己放了一把大火，烧毁了当时的都城"金上京会宁府"。我们今天能够看到的"金上京历史博物馆"就是建在遗址的基础之上。

听到这里，人们很容易提出这样的问题：迁都就迁都吧，为什么要毁掉那些建筑？关于这个问题，据说已经找不到确凿的证据了。不过，据我自己的猜想，也许是当时迁都遇到了极大的阻力，为了防止分裂，干脆一把火断掉了许多人的后路吧。

类似的事情在北魏孝文帝时代也曾经发生过。据说，孝文帝为了将首都从大同迁往洛阳，力排众议，并下令所有人（鲜卑人）必须自称洛阳人，而不得再称自己是鲜卑人。由此可以推断，今天洛阳附近的原住民身上应该或多或少地有鲜卑人的基因。

一把大火不仅毁掉了当时的建筑，还毁掉了许多历史文化，其中就包括了当时女真人创造的文字（图三）。以至于我在那些陈列的文物当中，没有发现什么"决定性物件"（图四）。这也让我想到了更早的、建都今宁夏银川的西夏王朝。那些看似熟悉但却不认识的文字，和那个王朝一起走进了历史。

许多自己燃放的大火，毁掉了自己的文化，也毁掉了文化的多元性，毁掉了人们对历史和文明的敬畏之心。

图一　完颜阿骨打塑像

图二　金上京会宁府沙盘模型

图三　女真人的文字

图四　博物馆中的陈列物

大山深处

——2017 年历史探访之旅之四

2017 年 7 月 26 日

（一）横道河子

太阳快要落山的时候，我们抵达了偏僻宁静的小山村——横道河子，来探访一个曾经的中东铁路机车库，现在的中东铁路博物馆。

沿着小路前行不远，可以看到在一块不大的场地上呈扇形展开了十五个机车库（图一）。一条铁路从外面延伸进来，通过一个硕大的转盘，将机车或车厢分配给各个车库。这样的设计可以节省大量的土地，实在是非常巧妙。走进车库，里面已被辟为博物馆，既有对中东铁路历史的介绍，也有实物展示。

遥想当年，一干俄罗斯工程技术人员和家属在这个偏远的小山村安营扎寨，冬季大雪封山，只有一条铁路和外界相连，这里的居民需要忍受怎样的艰苦和寂寞？他们不仅修建起了当时算得上是现代化的车厂，修建了一片带有浓郁俄罗斯风情的住宅，甚至还修建起了教堂。其意志不可不谓坚定，其志向不可不谓高远。现如今，车厂成了博物馆，而这里则成了"横道河子俄罗斯风情小镇"。

小山村不大，从指路牌可以看出，有些艺术家在这里建立了自己的工作室，有些房屋被用来服务游客，有些房屋则干脆挂起了"出售"字样的告示。

太阳渐渐西下，在小山沟里留下了长长的影子（图二）。

图一　扇形展开的机车库

图二　颇具俄罗斯风情的建筑

（二）夜泊海林

离开横道沟子不久，我们的汽车就驶离了高速公路，驶上通往海林市的道路。我万万没有想到，这一晚我会住在海林市。

说起来，海林是父亲出生的地方，是我父亲的故乡。

听父亲讲，他出生在海林一个叫作"傲冬"的村庄。父亲小时候，这里被日本人统治。据说，为了断绝抗日游击队的给养，日本人搞了一个"集团部落"，把散居的中国居民都搬迁到一起。为此，爷爷一家搬离了祖屋来到"傲冬"，但都是在海林。大约在我父亲六岁多的时候，爷爷遭遇了土匪绑架。为了赎回爷爷，家里把牲畜和大车都变卖了。爷爷回家后，便不想在海林继续生活下去了，于是举家迁往相邻的宁安县福荣屯（现宁安市福荣村）——一个距离宁安城不远的小村庄，投奔在那里的一个熟人去了。当时，爷爷和那个人共同买了一个挺大的院子。在父亲十岁的时候，奶奶得了"黄疸病"去世，是爷爷将我的两个姑姑和父亲抚养成人。父亲也就是从福荣村走出了大山，走出了黑龙江。而我的大姑远嫁到了双鸭山，二姑则是嫁到了距离宁安不远的穆棱。爸爸走上社会后，履历表中的"籍贯"自然就是黑龙江省宁安市福荣村。我履历表里的"籍贯"一栏也是如此。

当我将这段故事说给同行的黑龙江的同事们时，他们说过去这一带确实曾经有许多土匪出没，"智取威虎山"的故事就发生在横道河子一带。如今，就在横道河子附近，人们还搭建起了"威虎厅"供游人参观，只是由于时间的关系,我们没有前往。另一个原因,则是我对这一类的人造景观没有多大兴趣。

2014年,我曾经开车带着老父亲和老母亲千里迢迢地回到阔别多年的黑龙江探亲,那时只是造访了宁安市福荣村,而没有到海林。没想到,此次行程竟安排我们夜宿海林这个父亲出生的地方(图三)。虽然没有时间寻访父亲的出生之地,或许它早已无从寻找了,但我毕竟踏上了曾经属于爷爷和父亲那几辈人的那片土地,得以亲眼一见他们生活过的地方。

图三　海林风貌

探访那个渤海国
——2017年历史探访之旅之五

2017年7月27日

（一）踏浪镜泊湖

镜泊湖是我引以为豪的地方，因为她就在我的家乡。

小时候经常听爷爷提到镜泊湖这个名字，从那时起就向往着能看上她一眼。长大后稍有些地理知识了，才知道镜泊湖是如此有名，在向往之上就又多了几分自豪。

2014年带着老爸老妈回老家探亲时，从吉林进入黑龙江后的第一个目的地便是镜泊湖。开车去过镜泊湖的人都知道，虽然高速公路有一个出口的名字叫镜泊湖，但其实距离镜泊湖最近的出口是杏山。那一次，进入镜泊湖换乘景区内的公交车时，因为老爸需要轮椅的关系，园方给予了我们许多的关照，至今令我记忆犹新。

那次，我们看到了镜泊湖的吊水楼瀑布，看到了许多跳水爱好者。稍有遗憾的是，那一次的水量极小，没有能够看到一个波澜壮阔的镜泊湖瀑布。

此次到访，正好遇上整个流域发大水，镜泊湖水位高涨，以至于吊水楼瀑布周边的许多地方被淹，连观景点的水深都快到一米，游人已经无法进入，致使这些景点暂时关闭了。

此前我们就得到了相关消息，裴教授也多方协调，试图让我们看到最为壮观的镜泊湖瀑布。但是，鉴于水位过高，出于安全的考虑，园方还是拒绝了我们的请求。不过，这一次又让我感动的是，在公园的门口贴着一个告示，大意是由于镜泊湖水位过高，吊水楼瀑布谢绝参观，为此公园门票的票价减半。

和上一次相比，景区门口多了许多警察，想要到达公园大门，也多了一次旅游巴士的换乘。估计是正值旅游旺季，景区大门附近的停车场已经不堪重负的原因吧。从公园大门驶往各个景点的摆渡车，则换成了清一色的崭新的电动小巴（图一、图二）。看来公园方面为了这个旅游季投入颇多，为迎接旅游高峰的到来做足了准备。

登上了通往镜泊湖深处的游船饱览镜泊湖的湖光山色，也算是弥补了上次未能登船踏浪的缺憾。刚刚登船时，周围的景致竟然让我有了一种像是在台湾日月潭的错觉。镜泊湖被群山包围，满眼苍翠。如洗的碧空之上，不时飘来朵朵白云，并随着自己的"心情"肆意地变幻着模样，仿佛是在表演，又仿佛是在述说，在天空中留下了多姿的身影，给人留下了无限的想象空间（图三）。

图一　镜泊湖景区大门

图二　电动摆渡车

图三　镜泊湖的湖光山色

(二) 寻访渤海国

当我被要求在几个目的地中做选择时，我毫不犹豫地选择了渤海国上京城（东京城）遗址（图四）。

2014年带着老爸老妈来访时，就看到过"东京城"这个地名，猜想那里一定是个有历史的去处，只是由于行程的关系，没有能一探究竟。这一次机会难得，自然不会错过。

网上关于"东京城"是这样说的：

> 东京城位于黑龙江省牡丹江市宁安市为渤海国上京（龙泉府）故城，又称"忽汗城"，清代称"东京城"。位于黑龙江省东南部，牡丹江东岸，宁安市渤海镇（原东京城镇）境内，为渤海国都城遗址，通称"渤海国上京龙泉府遗址"。渤海文王大钦茂于公元755年（唐天宝十四年），将都城迁至上京龙泉府；785年（唐贞元元年），徙都东京龙原府。794年（唐贞元十年），成王华玙为"中兴国势"，将王都迁回上京龙泉府，直至终国，作为都城长达160余年。

寻访中了解到，渤海国存在的时期为中原地区的宋代，它是一个比阿城的金王朝建立历史更早的政权，后来被契丹所灭。

博物馆里提到,生活在渤海国的古代民族主要是靺鞨人。从地理位置来看,靺鞨人和后来的女真人及更早一些的鲜卑人都生活在这片土地之上,他们之间有着密不可分的联系。

和阿城的遗址类似,在可谓寒酸的博物馆里,我没有看到能证明这段历史的"决定性"证据。而一些在我看来属于无价之宝的文物,就躺在简陋的陈列柜中,也不知道馆内是否有可靠的防盗报警装置(图五)。

距离只有两排房屋的博物馆不远,便是渤海国上京龙泉府遗址了。渤海国被灭后建立了东丹国,都城南迁,东京城被毁。在被湮灭了数百年之后,这里才又重新被人们发现。听到这些,我想起了南美洲的玛雅神庙和柬埔寨的吴哥窟。

曾经的东京城是用火山石修筑而成,有五重宫殿,如今只剩下了残垣断壁和茵茵青草。今天的它们仿佛已在荒野里哭号了千年,哭干了眼泪,也痛失了哭诉的声音。

一段风云变幻的历史,被深深地埋葬在了荒野之中。

图四 渤海国遗址

图五 博物馆中的陈列物

风雨中,舞起那番秋意

——2017 年西宁印象之一

2017 年 8 月 23 日

一走出飞机,明显感受到一股凉意,刚才还在将近30℃的北京,此刻已经置身于只有十七八摄氏度的风雨西宁了。

走出候机楼的出口,迎面而来的是手捧哈达的索主任和小马,他们已经在这里等候多时,尹书记更是一身节日的盛装。当我从索主任那里接过一条洁白的哈达时,一股前所未有的感动油然而生(图一)。记不得已经是多少次来西宁了,而收到哈达还是第一次。

哈达,被藏族和蒙古族同胞用来表示敬意和祝福。曾经多次在藏区旅行,也收到过许多条哈达,唯有此次的感受不同。从那条哈达细密厚实的质地、柔滑的手感和超长的尺寸就能感受到它的价值,进而感受到青海民族大学的老师们在其中倾注的深情厚谊。后来得知，这全都是来自藏族的尹书记的建议。

很快，我们乘上汽车，奔驰在了通往市区的高速公路上，道路两旁是巍巍耸立的黄土高山。亿万年的风雨剥蚀，在厚厚的黄土上犁出了一道道深深的沟谷。大自然的鬼斧神工和精心雕琢，让这些沟谷显得圆润、柔和、流畅。正是这些沟谷，把高高的黄土山衬托得荒凉沧桑，使我想起了曾经那么熟悉的河南和陕西。

黄土高山上披着不算浓密的青草和树木，或许正是因为它们的存在，给大山平添了几分贫瘠的感觉。细细望去，苍苍天空之下、阴雨之中，一些小草和树叶已经开始透红、泛黄。这里已经可以听到秋天的脚步声了。

路旁不时出现三五成群的钻天白杨，在萧瑟的秋雨之中看上去是那样矫健、挺拔、高昂，给贫瘠的黄土重重地抹上一笔生命之光。它们当中更多的是小叶杨，在如此高原缺水的地方竟能如此茂盛地生长，足见生命的倔强。

车窗外，天空灰暗，疾驰在高速公路上的汽车在风雨中微微颠簸，雨点借助着车速和疾风，狠狠地撞击着车身和车窗，"哗——哗——"作响。路边的树木在风雨中摇曳起舞，树叶被上下翻起，树梢随着风势一摆一摆地倒向一方。

突然,一种熟悉而又久违的苍凉涌上我的心头。随即,又涌起一阵痛惜的微澜,两种感情交织着、涌动着。究竟是一种苦痛,还是一种温馨?实在难以名状。我只是默默地眺望着窗外,尽情地享受着这难得的一刻。

风雨中的树木,舞起了一道浓浓的秋意。

图一　接过洁白的哈达

遥远的塔尔寺
——2017年西宁印象之二

2017年8月25日

塔尔寺这个名字我在大学的时候就听说过。当时，班上有一位来自青海"矿区"的同学，我们住在同一宿舍，从他的嘴里我得知了许多关于青海的事情，其中就包括塔尔寺。至于他的老家"矿区"，则是我国最早的核工业基地。

相传，塔尔寺是宗喀巴大师罗桑扎巴的诞生地。他十六岁去西藏深造，创立了格鲁派（黄教），成为一代宗师。人们为了纪念宗喀巴大师，先修建了佛塔，而后又有了相应的寺庙，称为塔尔寺（图一）。

我相信，如果从藏传佛教的角度去说塔尔寺，恐怕三天三夜也说不完。而对我们这些凡夫俗子来说，记忆最深的还要数"塔尔寺艺术三绝"——酥油花、壁画和堆绣了。

多次造访西宁，自然少不了要去塔尔寺。最近去塔尔寺，也是近年的事情，因此对那里有着新鲜的记忆。而此次出行是配合整个团队行动，旧地重游，也不失为一件乐事。

出发前，导游善意地提醒我们，要带上和会议有关的证明，以便在通过设卡的路口时，借口陪同外国专家到访，可以在更接近塔尔寺景区的地方下车。

"这样一来一回，我们可以节约大约两个小时的时间。"导游解释道。后来证明，他的建议非常重要。

从西宁到塔尔寺有二十多公里的路程，我们的汽车一出酒店，就驶上了高速公路，二十多公里的路程实在不在话下。

不一会儿，我们的汽车在经过一处人工构筑物时，导游告诉我们，这里是新建的停车场。通常，所有人都必须在这里停车换乘，或者步行前往塔尔寺景区的大门。沿着他手指的方向望去，果然有一个多层的建筑物矗立在那里，里面停了一些汽车。许多人从停车场走出，正沿着公路前行。这就是所谓的停车换乘（Park & Ride），而那些行人应该都是前往景区的游人了。

这些年，国内许多景区都实行了停车换乘这样的管理措施，多数是出于景区内空间有限的无奈，也是对驾车人不守秩序的抗议。这样管理的结果,徒增了许多游人的不便,形成了许多残障人士的"天堑"。

我们的汽车继续前行一段距离后,经过了一个路口。导游指着路口说:"今天这里没有警察拦截,平时他们就是在这里限制车辆进入。"看样子,我们的准备并没有派上用场。不过,我们对导游的建议还是心存感激。

快到塔尔寺大门时,遇到了严重的堵车,我们只好弃车步行。看样子,当地政府采取汽车限流措施还是事出有因的。如此狭窄的街道,不知道曾多少次被车辆和游人堵得水泄不通,陷于瘫痪。

塔尔寺山门前的街道,已经完全不是我记忆中的模样。规范化和商业化,让这条街道和其他商业街毫无二致了。

坚固的铁门开了一个只够一人通过的小门,门口站着一位身着制服的检票人员,一幅久违的景象(图二)。

塔尔寺景区里烟雾缭绕,空气中弥漫着酥油燃烧的味道,加上轻微的高原反应,我们中的许多人都感觉到了供氧不足。大家停下前行的脚步,找到了一个空气清新的地方,打算在那歇息一下。

旧地重游,发现不仅景区外变了样子,连古老的建筑群也有了悄然的变化:脚底下的路更加平整,汽车减少了,寺庙门口增设了检票人员和检查设备,游人被要求按秩序——顺时针行走，酥油花搬进了装了空调的新家。碰巧看到两位僧侣模样的人，将供奉在佛像前的钞票搂进他们手中绿色的、有些破旧的编织袋中。虽说是在平日，但是感觉游客人数已经达到了接待能力的极限，尤其是在那些寺庙里。

"景点"里的建筑物基本都保持着原貌，寺庙里的每一个细节都散发着历史的幽暗之光，仿佛是在向我诉说那个遥远的年代。就像我总是在会议中屏蔽掉身边的杂音，去倾听大会主角的声音那样，我尽量让自己的目光和心绪都停留在那皲裂的木纹雕刻、风化的青砖和落满尘埃的堆绣上，去倾听它们的声音，感受它们的目光。轻轻地合上自己的双掌，虔诚地向着神圣深深地躬下自己的身躯。

返程时，我发现游客往返于自己的汽车和塔尔寺大门之间，需要行走很长一段距离，我又一次想起了导游那"可以节省两个小时"的话。两个小时，这可是从西宁到塔尔寺行程时间的将近三倍啊！

可以想象，在宗喀巴大师的年代里，人们要克服这二十多公里的山路，需要付出非常大的代价。现代科技极大地缩短了物理上的时空距离，把这段路程缩短到了四十分钟左右。然而，今天我们又一次人为地增加了这段距离。对行走困难的人士来说，这段单程需要步行五十多分钟的路，与天堑何异！不知道大慈大悲的佛祖看到这一切会做何感想？不知道那些编织袋里的钞票是被用于在更远的地方修建停车场了，还是用于为游人提供更多的福利了？返程路上，我默默地想着这些。

　　遥远的塔尔寺，我已经走远；

　　身边的塔尔寺，何时再见你？

图一　塔尔寺

图二　塔尔寺的检票入口

"对他们刺激很大"
——2017年西宁印象之三

2017年8月26日

研讨会正在按照计划进行,与会代表用汉语、日语,也夹杂着英语演讲和讨论着,这是我们的研讨会上常见的场面(图一)。

会议不仅吸引来了青海民族大学的师生,也吸引来了西宁市交通运输、道路交通管理部门及交通科研所的领导和技术人员。而且,他们中的许多人是从会议开始一直听到了会议结束,那认真的态度让人为之感动。

这些年,随着时间的推移和新人的加入,我们研讨会的整体学术水平和外语水平都在不断提高。当听到我们的硕士生、博士生用流畅的英语演讲,并能和人交流时,真为他们感到自豪。

会后,马老师对我说:"此次研讨会对我们的师生触动很大，包括来宾们的科研成果和外语能力。黄支队长和徐所长都感叹学者们的研究水平很高。"

看样子，这里的学术大地已经干旱太久了。

听到马老师的话语，我想起了自己的当年。如果不是曾经留学，不是工作生活在北京这样肥沃的学术土壤之上，我是否也会和那些羡慕我们的老师们一样？我想，如果中的那个"自己"一定不是今天的这个"自己"。

上面的问题实际上是：我们应该怎样生活？

答案或许应该是：不断地走出怡区（Comfort Zone），不断地超越自我。我们攻读学位，我们在科研中努力，都是在走出怡区，是在某种压力下（比方说要取得学位、完成课题等）走出怡区。但是，如果这些压力都不存在，我们还能自觉地走出怡区吗？

现实生活中，许多人都不会有意识地主动走出怡区，尤其是生活在享乐主义氛围中的人们。为此，施以必要的外力，促使其离开怡区，既有利于社会的进步，也会使其本人受益。如此说来，看似SCI、EI等考核指标是令人不安的"劳什子"，但其确实让无数学者走出怡区，不得不持续努力。事实上，考核机制就是一种迫使学者们走出怡区的力量。在这种力量的推动下，科学界正在从量变走向质变。无论如何，SCI、EI论文的数量都是一种标志，标志着中国的学人正在怡区外艰苦地前行。

其结果就是,世界上的同行们不得不对我们刮目相看。曾经读过多篇外国人撰写的关于对当前中国科研能力的评价文章,都证明了这一点。

当然,更重要的是,通过教育培养受教育者的道德判断能力和终生学习能力,启发其进取的意识和不断挑战自我的勇气。这样才能使人们具有自觉走出怡区的原始动力,而且,只有在道德约束和科学指引下"走出怡区"才有意义。

对生活中的事物有触动、有感动,说明有"见贤思齐"的冲动。以这种冲动为动力,常积"跬步",终将至"千里",也终能收获生命中的精彩。

图一　研讨会会场记录

踏破"民大"

——2017年西宁印象之四

2017年8月29日

在青海说起"民大",那是指青海民族大学。到过"民大"多次,穿越"民大"还是第一次。

一走进学校的大门,就把一个嘈杂的世界甩在了身后,以至于让我怀疑学校的大门好像是专门为我们而打开的,面前是一个空旷、安静、整洁的世界。这里一定是西宁市内一片难得的"净土"了(图一)。此情此景,突然激活了我记忆中的某个瞬间,一下子就让自己的身心在一阵嘈杂后找到了某种安宁。

还在暑假期间,再加上是雨后的黄昏,校园里显得非常宁静,除了我们二十几个人,再很难看到其他人的身影。我们在"民大"最具标志性的大楼和雕塑前合影留念之后,绕过大楼继续向南前行。

大楼的侧面，是几栋颇有些年头的学生宿舍楼，它们旁边的一座很具有艺术风格的厕所甚是醒目。

大楼的后面，是一大片广场和草地，广场的中央端坐着一个硕大无朋的昆仑巨石，巨石上有书法家题写的"磐石"二字（图二）。据说，把这块巨石搬进学校颇费了一番周折，今天它能稳稳地坐在那里，不知道耗费了多少人力物力。巨石的尺度和广场还算匹配，以至于它并没有喧宾夺主。说起来，"民大"校园里大大小小、形状各异的"石头"随处可见。显然，这些石头是校友们在特殊的日子里捐赠给母校的。

大楼的东侧，是几排有些历史的住宅楼。远远望去，灰暗的天空乌云翻滚，那些建筑物的背后是在风中摇曳的参天大树，再往远处是巍巍群山，真有点"天苍苍、风萧萧"的味道。我的内心顿时升起一种感动，心弦好似被什么撩拨着。

"好喜欢这种感觉呀！"我情不自禁地喃喃自语。

我不由地停下脚步，任凭自己的心绪乘着那拂面的清风和凝望的目光飞翔，任凭自己内心里的波澜随着云团翻腾。

再往后面，是一座对西宁人来说非常有名的"小岛文体馆"（图三）。顾名思义，这座"文体馆"是以一个叫作"小岛"的日本人的名字命名的。据说，这件事的缘起是一位"民大"的老师留学日本，在那里认识了日本企业家小岛镣次郎先生。小岛先生不仅在生活上帮助了这位"民大"的老师，还随他来到西宁，捐赠了"小岛文体馆""小岛文化教育发展基地"等多个项目，为西宁市的文化教育事业作出了巨大贡献。在那个中日两国和平友好的年代里，两国人民就是这样相互尊重、相互交流，留下了无数传颂后世的佳话。"种瓜得瓜，种豆得豆"，教会人们爱人者终将被人们所爱，宽容者终将被人们所宽容，抱怨者终将被人们所抱怨，恶人者终将被人们所厌恶。像小岛先生及无数致力于和平友好的人士这样播撒爱和友谊，后人定会为之感动并报之以尊敬。

　　南区的大花园是我们"踏破"民大的终点。那片经过精心修剪的草地深深地吸引了我们（图四）。我张开四肢，仰卧在草坪当中，让自己全身心都融入那带着湿气、散发着青草香气的空气当中。当园丁远远地提醒我们离开草坪时，草坪里留下了我们一串串类似童年时期的顽皮笑声。

　　第一次"踏破"民大，在民大的校园中感受到了那么多的美好，收获了那么多的感动。

图一 "民大"校园一景

图二 磐石

图三 小岛文体馆

图四 "民大"草坪

千军台
——2017年深秋印象

2017年10月23日

（一）驱车赏秋

深秋，驱车前往京郊，走进了未曾踏足的门头沟千军台村。

驶离六环路后不久，经过一个隧道，我们便进入了门头沟的山区道路。我手握方向盘，驾驶着汽车在被雨水淋湿的道路上不紧不慢地行驶。驾驶中不时地查看后视镜是我的一个习惯。透过后视镜，我发现身后有几辆汽车也不紧不慢地远远跟随着我们。估计他们和我一样，是欣赏这里秋日美景的游人。不时也有汽车风驰电掣般地从我的车边呼啸而过，急匆匆地驶向前方。

国道109在我的脚下向前延伸出去，公路两侧的群山成了大自然的调色板，五彩斑斓的秋色让人心醉。

今年的秋天和往年不同,入秋后一改往年天高云淡的特点,老天总喜欢给北京罩上一层浓密的云彩,几场秋雨,把京城的秋天弄得水淋淋、湿漉漉、冷飕飕的。也许是入秋后仍得雨水的关系,也许是秋来温度骤降的关系,也许是降温后温差拉大的关系,今年的秋天较往年秋得深沉、秋得持久、秋得娇艳、秋得寂静。

差不多从"十一"开始,山里的草木就被染上了黄色和红色,并随着时间持续着,加重着。眼前的大山上,依旧是满眼的眷恋人间、不肯凋零的秋色。那冰冷岩石上的火红,那小河边挂在枝头的焦黄,装点着远远近近的山坡。

阴沉的天空,让秋日的山区显得有些萧疏,所有的草木和崇山峻岭都肃然挺立着,像是在等待,又像是在沉思。那些急匆匆驶过的汽车和偶尔见到的行人,仿佛是在试图打破这种肃然,然而很快,一切又都归于宁静。

(二)深山里的工厂

我们的汽车在一片有人居住的地方停了下来,问了一下路,对方告诉我们这里是轴承厂。身边这座老旧的两层楼房,曾经是幼儿园。

沿着小路前行,可以经过工厂从前的生活区。红色砖房整齐地排列在一个"院子"里，旁边有一片低矮的商业配套设施（图一）。这是一个典型的工业化建设早期的工厂，眼前的场景对于我这个生长在计划经济时代工业城市里的人来说，熟悉得有些亲切了。

楼房非常简朴，简单得仿佛只具备它最基本的功能，没有一点多余的装饰甚至是强化楼体的措施。"院子"里停放着几辆小汽车，楼里的一些房屋依稀可以辨别出依旧有人居住的痕迹（图二）。

时过境迁，这座深山里的工厂，显然已经失去了昔日的荣耀和辉煌。厂里的年轻人或许已经在城市里或者其他什么地方谋得了生路，剩下的或许只有那些和这些建筑物一起走向衰落的老人。我老家的那个工厂也有类似的现象。

在一个商店模样的建筑物的门上，贴着"商店"两个字。进去一看，的确是过去商店的模样。虽然四周摆满了商品，但房屋的净空很高，使屋内显得有些清冷。

出了商店，返回汽车的路上，"嘟——"的一声，从远处山的那边"适时地"传来了火车的汽笛声。阴沉的天空下，那声音显得格外低沉。

"喔！"我心头一震。

这里居然有座火车站！思绪一下子把我带向了那还没有走远的过去。

可以想象，这座藏在深山里的小城，虽说是地处北京，但在交通和通信都极不发达的年代里，想要进出一趟是多么不便。而这条铁路，或许是这里对外连接和人员往来的最便捷的通道了。

想当年，我就是从这样的小小火车站，登上了开往西安的列车，登上了一个更大的人生舞台。那时候，这一声火车汽笛，给多少人带来了欢乐和希望，也送走了多少阴郁和忧伤！而今天，它仿佛就是和着我情绪的节律，恰逢其时地送来了一声完美的背景音。

图一　工厂里的生活区　　　　图二　简朴的居民楼

（三）驶向千军台

在一个岔路口，我驾车驶离了国道，驶向了一个陌生的方向——千军台。前面是什么？那里会有什么？

一路上，我经过了几个有人聚居的"村落"，最后，道路上的一个横杆挡住了我们的去路（图三）。路边的"值班室"里不失时机地走出了一个值班员模样的人，稍微一打听，才知道前面是已经废弃了的煤矿，我们的汽车不能再向前行，但是人可以徒步进入。既然已经来到了这里，我们决定弃车前行。

走了大约一公里的距离，我们来到了一大片建筑物旁。这里居然是一个可以直接连接苹果园地铁站的公交车站（图四）。

停车场的上方，是办公楼和宿舍模样的昔日矿厂的相关设施。一些工人正在改造大楼，问了一下，好像是有人准备将这里改造成度假村。

一栋栋整齐的楼房前面长满了野草，四处蔓延的野藤爬上了大树和高墙（图五）。大楼的通道、门窗都被紧紧地封闭起来。不过仔细望去，门窗好像还都透着新鲜的痕迹，仿佛这里的人才刚刚离去。

在"文化广场"一隅的看板上，张贴着矿厂2015年会议的各种消息。这就是说，这座矿山的开采一直持续到了2015年，或许从那时起，这里正式走向了"工业遗迹"（图六）。这一切都发生在两年前。

深山里，除了天空飞过的小鸟发出几声啼鸣之外，一片肃穆宁静。千军台，昔日千军万马、热闹喧嚣的矿山，现在是那么安静。

图三　被拦住的道路

图四　白色公交站

图五　被野藤缠绕的大树和高墙

图六　矿厂看板

2017年常熟印象

2017年12月5日

（一）遥远的记忆

对于我们这代人来说，常熟是一个差不多家喻户晓的地名。因为我们刚开始懂事的年代里，为数不多的"样板戏"之一《沙家浜》里有句台词提到了这个地方。常熟这个地名，就在那个交通和通信都极不发达的年代里走进了中国的千家万户。如果说想象一下那里是怎样一番景象，脑海里浮现出来的是无边无际的芦苇荡和穿梭其中的只只小船。

那个时候不知道她的具体位置，更不知道她的境内还有一个阳澄湖和今天比常熟更有名的"大闸蟹"。

（二）奇妙的经历

去常熟的行程必须安排在上海之行之后，如何从上海去常熟是一个问题。问了一下负责常熟会议的同事，最终确定了先乘高铁到苏州，然后再坐专车去常熟的方案。

因为行程安排环环相扣，便提前购买了从上海虹桥到苏州的高铁车票。后面需要做的，就是按照这些天的日程表一步步执行下去了。为了确保我按时乘车，上海市交通委的同事提出提前去车站替我打印车票。

其实，我通常都是在临乘车时才去打印车票，为的是一旦行程发生了变化，还有改签的余地。不过，既然对方周到地替我打印了车票，我也就欣然接受了对方的美意。

上海之行的"公交都市"验收出了一些状况。第一，从第一天起，我就意外地被任命为组长；第二，最后一天的反馈会上，不仅市交通委的领导要悉数到场，市政府秘书长也要亲临现场；第三，反馈会按计划应由组长主持。如果反馈会的节奏安排得过于紧张，万一会议还没有自然结束我就匆匆离去，会显得十分不好。考虑到这些，大家都建议我更改行程，推迟去苏州的火车。并且，不由分说地替我购买了迟一点的火车票，又帮我退掉了我自己购买的火车票。事已至此，我接受了大家的建议。

　　最终的反馈会在我的主持下有条不紊地进行，汇报、质询、回答、宣读验收意见，部领导讲话，市领导表态。整套程序在完全自然的状态下一气呵成，在自然的状态下结束，没有任何草率、匆忙的痕迹。

　　散会了，大家各自按照自己的时间表，前往机场、车站或者酒店房间等各自的下一个目的地，我们一行被送往虹桥枢纽。我计算了一下时间，距离我原先预定的火车发车还有半个小时，我应该完全来得及赶上这趟火车。可是，现在我手中的是一张已经作废了的车票，而新购买的车票尚未打印出来。

　　怎么办？

　　上海当地的同事建议我，不妨先持那张"废票"登车，甚至提出可以找人把我带上火车。来不及多想，我接受了他们的建议，在服务员的引导下，从贵宾候车室进入了车站候车大厅，刚刚停下急匆匆的脚步，就开始检票上车了。跟着人流，从人工检票口进站后，顺利地找到了票上的座位。还好，直到开车，都没有人走到我面前声称我坐的那个座位属于他。

　　列车按时发车了，不一会儿，服务员按惯例给一等座的乘客送来了饮料和小点心，顺便查验车票。服务员查验了我的车票，做了一个标记后，给了我一瓶水和一盒小吃。

半个小时后，火车在苏州北站停靠。跟着从苏州下车的人流，我继续从人工检票口顺利出站。

一段奇妙的历险到此结束。回想起来，上一次类似无票乘车的经历，还要追溯到四十多年前的中学时代。

（三）还没有到常熟

前面五次三番的变故，自然也影响到了我接下来的行程。因为，每一次火车时间的调整，都会影响接我的专车司机从常熟出发的时刻。等我登上火车，再通知专车司机时，她已来不及在我抵达苏州北站时赶到那里了。

雨夜的苏州，显得有些寒冷，没有车票，人们是无法进入候车大厅的。我只好在车站大厅外面的屋檐下，静静地等候专车的到来。

还好，没过多久，专车到了。二话不说赶快上车，专车载着我一口气钻进了浓雾细雨当中。

我一上车，女司机就开始向我道歉，说之前电话调成了静音模式，没能及时接到我的电话。而我则说是我反复变化行程的缘故，弄得信息混乱不堪。

司机很健谈，一个小小的话题，也会引起她的许多话。

她开始是在上海开出租车，那时候"很疯狂"，累了就到宾馆睡一觉，然后继续工作，每个月能挣三四万块钱。后来"累了"，就回到了老家常熟，现在每个月也有一两万元的收入，这样可以轻松很多。

苏州北站到常熟四十多公里的路程，就这样在闲聊中很快走完了。

常熟比我想象的要大很多。环城还修筑了高架路，我们的车在高架路上行驶了很久才又离开主路。经验告诉我，我们快到了。果然，我们随即便抵达了在常熟的目的地——国际饭店。

（四）丰盛的晚餐

夏晓敏已经在酒店等我一会儿了。待我办理好了入住手续，我们便叫了一辆出租车，外出吃饭。

晚上将近9:00的常熟，很多饭馆都结束了营业。最终，我们在一家装修不错的餐馆坐了下来，一口气点了即使再来几个人也吃不完的菜肴，其中不乏常熟的著名菜肴之一，（好像是叫）蒸三样。

常熟之旅的第一个篇章，就在如此变幻莫测的旅行中结束了。

（五）滴水的会场

第一天的会议地址是在会展中心，一个距离酒店远到必须乘坐汽车才能到达的地方，那里同时进行的还有与汽车相关的展览。

清晨，昨晚的寒冷还没有散去，到处都是湿漉漉、冷飕飕的。跟着人流，踏着红色地毯拾级而上，通过安检，便来到了会场的大厅。会场装修华丽，一切看上去都那么精致。会场的许多地方都摆放着水桶，估计是昨夜的雨水不受欢迎地流进了会展大厅。建筑物华丽的外表下面，不知道隐藏着多少诸如此类的隐忧。

大会的开始时刻比原定迟了一些。想想看，那么多的院士、政府要员要和我一样赶到常熟，这的确需要费一番工夫，时间上也就多了几分不确定性。

一天的大会，在平淡无奇中结束。

（六）演讲与互动

一大早，我们的分会场里就挤满了人，轮到我演讲的时候，就连过道里都站满了听众，那场面好不壮观。

我演讲的题目是《和我们的病和谐相处》，说的是我们需要正确看待交通拥堵，学会和这个"慢性病"和谐相处。从大家的表情来看，这个想法引起了一些人的兴趣。会场没有设互动环节，但演讲结束后，立即就有人加了我的微信，并在微信上向我提问。当我会后在走廊里走动时，也有人上前和我打招呼，与我谈他的听讲体会，用他的话说是有了一种"醍醐灌顶"的感觉。

会后多日，遇到了一位老先生，他没有参会，但是竟称他看到了我的演讲题目。从交谈中他引述了我在演讲中的话来看，他看到的绝对不仅仅是"题目"。

对我而言，能利用这个大会把自己的思考分享给大家、能引发人们的理性思考就已经心满意足了，如果其中的观点能对他人有所帮助，就是喜出望外了。

（七）兴福寺

我住的酒店就在常熟的名山虞山脚下，造访虞山自然是情理之中的事情，再加上我此次在常熟能够停留的时间有限，因此，设法抽时间去看看虞山、看看常熟也早就在计划之列。稍微打听了一下，从酒店到虞山最多只有两公里的距离，于是便离开了酒店，前往虞山。

沿着众人指的路，很快便来到了虞山脚下的兴福寺，一座看上去很有些历史的寺庙（图一）。沿途走来，颇有些在杭州龙井村的感觉，一路尽是很具江南风格的茶馆和民舍，各种街道建设也带有时代的印记。当然，兴福寺是一处最醒目的去处，自然吸引了我的脚步。远远望去，一枝出墙的银杏分外惹眼，那金灿灿的树叶，在午后的阳光下尤其娇艳（图二）。

刚刚走进寺庙的大门,一群声称要给我看相的女人便围拢过来,说要免费送我几句话,甚至说到了我家年内会添丁进口之类的吉祥话。一一谢绝了这些人之后,在寺庙里静静地游览了起来。

或许是平日午后的关系,游客很少,寺庙很静,走到寺庙的一隅,里面传来了歌唱的声音,宗教的氛围十分浓厚。沿着小路拾级而上,是一片僧人的墓地(或许在佛教中有其他的叫法)。

就在我将要结束兴福寺的参观,准备乘坐缆车登上虞山时,微信里接到了朋友的消息:"3:00左右抵达。"这就是说,我必须在半个小时内游览完虞山,这样的行程实在有些紧张。不愿让别人等我,于是我便放弃了此次登临虞山的计划,把美好的愿望留在了下一次。

图一　虞山脚下的兴福寺　　　　图二　娇艳的银杏

（八）二十年后的相聚

夜晚，苏州的金鸡湖畔灯火通明，阵阵凉风袭来，让人心旷神怡。登上了"松鹤楼"的餐厅，静静地等待二十年未曾谋面的老友的到来。

不一会儿，顾欢达夫妇在一阵笑声中走进房间，细细端详上去，顾和夫人都有了些许的变化。我和他们夫妻相识于在日本留学期间，我们同在京都大学的土木学院，他研究环境，我研究交通。毕业后，我去了山梨大学任教，而他工作了一年便回国落脚于苏州。老友相聚，很是亲切，我们纷纷回忆起在日本留学的那些往事、那段美好的人生经历。

据老友说，他已经进入了职业生涯的最后阶段，明年他便将退休。时光荏苒，昔日的恰同学青年，意气风发，今日已是蹉跎岁月，人生苦短。和老友相约多聚，相约再话当年。

（九）收获更多

对青年学生来说，科技大赛是非常有诱惑力的活动。当我走进演讲大厅时，里面已经座无虚席了。朱院长开了一个头，话筒便交到了我的手上，为时一个多小时的关于"收获更多"的演讲开始了。

为什么要参加科技大赛？这是我抛出的第一个问题。话题还得从人为什么活着、为什么要进行科学研究讲起。此外，人们还需要知道哪些科学？如何进行科学研究？最后，我还就参赛作品的评判标准发表了个人的看法。

演讲结束后，台上台下互动踊跃，师生们提出了许多很好的问题，也启发了我的思想。

"应该叫我的学生也来听听。"一位听讲的老师还这样说道。

从演讲后的互动和老师上述的言语来看，大家都收获多多。

2017年的常熟之行，就此在苏州画上了一个圆满的句号。

改变在努力中发生

——2017 年贵阳印象

2017 年 12 月 6 日

记不清这是第几次到贵阳了,算上这一次,至少是第三次到访贵阳的金阳新区。每一次,都找不到上一次的记忆,每一次,贵阳都有新的面貌。

记得第一次到贵阳,是本世纪的最初几年。那时候贵阳给我的印象就像从传闻中听到的那样,混乱、拥挤,一副落后的模样。我清楚地记得,当时在街道上看到了久违的挑担和手推板车的景象。当地同事们希望尽快改变贵阳面貌的迫切愿望,给我留下了深刻的印象。

在那之后,又几次受邀到访过贵阳。得益于贵阳市有关部门在这些年的持续努力,贵阳的面貌在改变,在我心目中的形象也在大变样。

第一次到金阳新区是在一个阴冷的雨天,贵阳市政府刚刚搬到新区不久,许多建筑工程还在热火朝天地施工当中,一条连接市区和金阳的大路,中间预留好了轨道交通发展的空间。

第二次到金阳,是应邀在电视台上谈谈交通管理的问题。那次住在金阳的一个酒店,无论是在沿途还是酒店附近,都丝毫找不到从前印象中的贵阳和金阳,呈现在眼前的完全是一座崭新的城市。

昨天抵达贵阳后,一路被带到金阳,入住距离高铁车站不远的"人才酒店"。进入酒店的房间,窗前是一池清澈的秋水——白鹭湖(图一)。在它的一旁,是一座不太高的绿色的小山,湖的四周,别具匠心地铺设了供人们行走的步道。

就在来酒店的路上,沿途经过一个综合开发区,拔地而起的住宅、商业和办公楼,让这里呈现出一派现代化的景象。酒店周围更是各种造型的高楼林立,体量巨大,显示出一股发轫的势头。这分明就是春潮涌动的现代化都市,完全没有了昔日贫穷落后的痕迹。

俯瞰着这山、这水、这片贵阳人努力的成果,不难让人懂得,改变,都是在努力中发生的。

图一　俯瞰白鹭湖